Bruño

PARALELO CERO

© José Luis Velasco
© Editorial Bruño, 1996
Maestro Alonso, 21
28028 Madrid
Teléfono: (91) 361 04 48

ISBN: 84-216-2856-9
Depósito legal: M-23286-1997

PRIMERA EDICIÓN: mayo 1996
SEGUNDA EDICIÓN: marzo 1997
TERCERA EDICIÓN: julio 1997

PARALELO CERO

Director de Ediciones
y Producción:
José Ramírez

Jefe de Publicaciones
Infantiles y Juveniles:
Trini Marull

Coordinador literario
de la colección:
Miguel Ángel Diéguez

PARALELO CERO

Equipo asesor:
J. A. Rivera
L. Timón
C. Pallarés

Producción editorial:
J. Valdepeñas
Diseño y cubierta:
E. Rebull

PARALELO CERO

Atrapado en la oscuridad

José Luis Velasco

Capítulo primero

Un laberinto invisible

CUANDO desperté, me encontraba tendido en el suelo de un lugar envuelto en la oscuridad más impenetrable. Y, apenas tanteé con los dedos a mi alrededor, supe que no estaba en ninguna habitación de mi casa, ni en cualquier otro sitio que yo pudiera reconocer. El olor a humedad y sótano, por otra parte, también delataba con evidencia que me hallaba en un ámbito extraño…

Pero antes de continuar con el relato de los espantosos sucesos que tuve la desgracia de vivir entre el 8 y el 23 de septiembre del año pasado, quisiera dar alguna noticia sobre mi persona, pues quizás servirá de ayuda a los lectores para comprender un poco mejor mis reacciones en unos días tan aciagos.

Me llamo Jorge Ozadía, y cuando ocurrieron los sucesos que constituyen este relato verídico, contaba diecisiete años. Soy hijo de Juan Ozadía, el arquitecto que, tras unos primeros años de anonimato y penurias, consiguió saltar a la fama y reunir, gracias a un trabajo honrado y excelente –según la opinión de todos–, una considerable fortuna y un nombre que es respetado en cualquier parte del mundo. Y anoto estas circunstancias relativas a su fama y su fortuna sin otra intención que la de alertar al lector sobre la incidencia que ambas situaciones tuvieron en mi desgraciada aventura.

Me eduqué –siempre de forma esmerada y con aprovechamiento– en un colegio de religiosos, a partir de párvulos hasta que terminé el bachillerato. Ya desde muy joven mostré poca afición por los ejercicios físicos violentos y una gran inclinación, en cambio, hacia todo lo que fuesen juegos lógicos, como el ajedrez o la creación de programas en un ordenador. Eso me ha labrado la fama de tener una cabeza analítica y ordenada, así como cierto humor irónico que a algunos les lleva a decir que mi temperamento tiene mucho de anglosajón. No podría asegurarlo. Lo cierto es que sólo pasé tres veranos en Inglaterra, entre los once y los catorce años, enviado por mi padre para perfeccionar mi defectuoso inglés. Y los ingleses, sin caerme mal, están lejos de entusiasmarme.

Mi afición a la lectura se desarrolló por esa época, y me agradan especialmente Dumas, Poe, Stevenson y Defoe, o al menos lo que conozco de ellos.

Por aquel entonces, las chicas me interesaban poco; bueno, me interesaban como a cualquier otro muchacho de mi edad, pero tal vez debido a la timidez y a mi carácter algo introvertido, las veía lejanas y con pocos atractivos para llenar mis verdaderas pasiones. Desde luego, el placer que experimentaba jugando una partida de ajedrez con un adversario de cierta altura, o charlando con mis dos únicos amigos, Luis y Ramiro, me reconfortaba mucho más que el trato con muchachas, que siempre me parecían triviales.

Aprendí de mi padre y de mi madre, desde que era muy niño, a ser valeroso y mostrarme entero en las situaciones difíciles, y creo que esto resultó decisivo en las extrañas y terroríficas semanas a las que voy a referirme. En los primeros tiempos, cuando mi padre aún no era conocido, recuerdo que las mayores penurias eran algo cotidiano en mi casa. Y, sin embargo, ni mi madre ni él perdieron nunca la serenidad, el trato amable y juguetón con nosotros y ese talante siempre esperanzado que nos proporcionaba a todos los hermanos, creo yo, mayores seguridades que si hubieran sido millonarios. Eran y son dos personas de mucho temple, acompañado de una gran bondad, y todos los hermanos hemos heredado o aprendido ese carácter.

En cuanto a mis particularidades físicas, dicen que tengo un aspecto singular debido a mi nariz grande, un cuello largo, los cabellos, que tiran a pelirrojos, y unos ojos grises excesivamente claros para mi gusto. Y creo que, una vez anotados estos datos, puedo continuar con la narración de unos sucesos que, gracias a Dios, poco a poco voy olvidando.

Como ya he dicho, al despertar me encontraba tendido en un lugar de negrura tan absoluta que ni siquiera cuando pasé allí horas y días aparecieron esos resquicios de claridad que los ojos habituados a la falta de luz advierten al transcurrir cierto tiempo, hasta permitirte, en ocasiones, ver con cierta precisión lo que te rodea. Esta circunstancia me hizo comprender muy pronto que me hallaba en un sitio muy escondido o profundo al que no podía llegar el más mínimo vestigio de la claridad exterior. Tiritaba, y no exactamente porque allí hiciese demasiado frío; el ambiente húmedo me había calado hasta los huesos y los dientes me castañeteaban sin control.

No obstante, enseguida comprendí que, salvo el frío, quizás no me pasaba realmente nada. Tanteé el suelo y pude comprobar que estaba tumbado sobre unas losas grandes, ásperas y húmedas, a buen seguro con muchos años. Y –todo ello en fracciones de segundo– traté de recordar qué me había ocurrido hasta llegar a tan increíble lugar. Entonces, con gran alarma, advertí que en mi memoria había un lapso de tiempo en blanco. Recordaba que el miércoles día 8 me reuní con mis amigos Luis y Ramiro en el café Comercial y que habíamos estado polemizando con cierto acaloramiento sobre la posibilidad de que existieran seres inteligentes en otros planetas. A las nueve y media nos separamos y yo tomé el metro en Bilbao. Bajé en Moncloa y me dirigí hacia mi casa por Joaquín María López. Acababan de construir un aparcamiento en la placita que se abre en esta calle y, aprovechando tal obra, la habían remodelado plantando plátanos jóvenes, poniendo bancos nuevos y un buen número de farolas que le proporcionaban una luz nocturna muy agradable. Recuerdo que, al pasar frente a ella, estaba solitaria y la observé complacido. Y en esta mirada (de la que queda la imagen de un hombre alto cruzándola a grandes zancadas) se cortaban mis recuerdos. Después, sólo la realidad de un lugar oscuro y desconocido donde me atormentaba un intenso dolor de cabeza.

Me llevé los dedos a la altura del parietal izquierdo: un abultamiento punzante evidenciaba que había recibido un golpe. Hice esfuerzos intensos por llenar aquel espacio en blanco que se abría en mi existencia, y la certeza de que ese trozo de mi memoria faltaba me produjo una conmoción que yo calificaría de pavor súbito. Sentí que se me aflojaban las piernas, mientras una oleada de calor ascendía desde mi estómago hasta la cabeza. El pánico se adueñó de mi ánimo. Sin saber por qué, me incorporé hasta quedar sentado y dije en voz alta:

–¿Mamá? ¿Papá? ¿Estáis ahí? ¡Andrés! ¡Luisa!

Estos dos últimos eran mis hermanos, y nombré a toda mi familia con la esperanza ilusoria de que ellos, quién sabe por qué circunstancias, estuviesen también allí. Los llamé con voz queda, como si temiera que alguien detectase mi presencia o descubriera la intimidad de mi llamada, en la que apelaba a «mamá» y «papá» siendo ya tan mayor. No obtuve respuesta alguna.

Fue entonces cuando el terror, unido a una excitación incontrolable, me impulsó a ponerme en pie y repetí las mismas palabras, pero en un tono mucho más alto y extendiendo ya mis llamadas a cualquier hipotética persona que pudiera oírme.

–¡Mamá! ¡Papá! ¡Eh! ¿Hay alguien? ¿Quién está ahí? ¿¡Me oye alguien!? ¡¡Socorro!! ¡¡Socorro!!

Luego callé de súbito y toda mi atención se concentró en los oídos, esperando recibir alguna respuesta, aunque fuese lejana o lejanísima, en aquel vacío de negrura cuyas dimensiones ya sabía que eran amplias debido a la resonancia de mis voces.

El silencio que siguió fue espantoso. Sólo pude escuchar que, en alguna parte, un grifo goteaba con un ritmo regular, tal vez sobre una pila.

Fue entonces, de pronto, cuando rebotó en mi mente un pensamiento aún más terrible si cabe que el hecho de estar atrapado en un lugar desconocido y en tinieblas. ¿Y si aquella oscuridad no era otra cosa que *mi propia ceguera?* Sí, ¿y si estaba ciego? ¿Cómo saber que no se trataba de eso? Podía haber perdido la vista a consecuencia del golpe cuyas señales advertía en mi cabeza. Alguien me atacó brutalmente, o me herí yo mismo al caer sin sentido sobre aquel piso áspero y húmedo. O en cualquier otra circunstancia que no podía siquiera sospechar debido a mi amnesia parcial. Pues, ¿cómo era posible que, por muy oculto que estuviese aquel sitio, no lograra descubrir el menor signo de claridad? Alguna rendija, algún tenue resplandor... Creo que un nuevo escalofrío erizó mis cabellos. Me froté los ojos ferozmente con los nudillos, en un loco intento de «desentumecerlos» o algo parecido, y sólo conseguí ver allá, en el fondo de mis globos oculares, esas chispitas que aparecen a veces cuando tienes los párpados cerrados. Miré al frente y desvié los ojos a un lado y a otro, arriba y abajo, muy abiertos, intentando en un vano esfuerzo captar alguna señal de luz, por muy débil que fuese. Y, parece mentira, pero creí ver vagas sombras ante mí, enormes formas oscuras que recordaban fantasmales figuras humanas. No, no era cierto. También me pasaba eso cuando era niño, en la oscuridad de mi dormitorio. No veía nada. ¡Nada! Tenía que encontrar alguna luz para *saber si veía o no veía*. Pero, ¿cómo, Dios santo? ¿Dónde?

Me sentí atrapado por un descontrol nervioso que me ahogaba, di unos pasos en tinieblas, con los brazos extendidos hacia delante para evitar un golpe fortuito contra algún obstáculo invisible, y mis dedos tocaron una superficie fría. Tras tantearla, presa de un atolondrado frenesí, la identifiqué como una puerta metálica muy sólida. Busqué nerviosamente una falleba o tirador que pudiese abrirla, pero comprobé desesperado que carecía de tal complemento. Sólo descubrí con mis dedos una de esas cerraduras de tipo cilíndrico que sobresalen, con una ranura para introducir en ella una llave dentada. La puerta estaba cerrada y, en mi desesperación, comencé a darle empujones y patadas con tal denuedo que sólo una descarga intensa de adrenalina hacía posible que fueran tan brutales. A intervalos, me detenía para gritar:

–¡Abran! ¡Abran! ¿Quién hay ahí? ¡Quiero salir! ¡Socorro! ¡Socorroooo!

Los impactos sobre la puerta metálica restallaban como truenos en el amplio entorno que no podía ver, y ahora me resulta imposible saber cuánto tiempo duró este acceso inicial de terror y excitación desquiciados. Lo cierto es que, con sorprendente rapidez, aquellos esfuerzos me llevaron a un estado de postración y agotamiento que se delataban en el temblor y la debilidad de mis piernas y en un sofoco que me ahogaba. Con todo el cuerpo empapado en sudor frío, me quedé al fin inmóvil, en el centro de una infinita negrura que me envolvía como un incierto laberinto de nada.

Capítulo segundo

Rumores en el vacío

«TRANQUILIDAD, por Dios... Tranquilidad. ¿Cómo es posible que hayas caído en tal estado de locura teniendo esa fama de persona lógica y equilibrada? Se impone meditar, pensar con método... Eso es...», me dije a mí mismo. «¿Es razonable creer que estás ciego? Sencillamente, te encuentras en un lugar oscuro donde no hay nadie. Por eso no ves ni oyes nada...»

Entonces, en el mismo sitio donde estaba, muy despacio, me fui deslizando hacia abajo, arrastrando la espalda por la pared hasta quedar sentado en el suelo, con los ojos fijos en la impenetrable oscuridad que tenía delante. El goteo del grifo mal cerrado o estropeado seguía oyéndose desde alguna parte, y un nuevo descubrimiento auditivo alertó mi atención: algo semejante al rumor del agua corriendo por cañerías invisibles.

Lo primero que deduje fue lo más sencillo: me encontraba encerrado en un sitio que, o bien se hallaba deshabitado en aquel momento y aislado en el campo, o bien se trataba de los sótanos de un inmueble urbano tan apartado o aislado de los pisos que nadie podía oírme, por lo menos en aquellos momentos. Sospeché que tal vez fuera un sótano por la humedad y el enlosado basto. También pensé que quizás había sido secuestrado, que habría recibido un golpe en la cabeza durante el curso del rapto y la contusión me había producido una especie de amnesia que esperaba fuese pasajera. Sentía una lasitud generalizada, frío y mucha hambre. ¿Qué hora sería? Desgraciadamente, mi reloj, un regalo de mi padre, era lo bastante discreto como para no tener números y saetas fosforescentes.

Se imponía realizar, ante todo, una cautelosa batida por el lugar donde estaba encerrado, tantearlo palmo a palmo a ciegas con dos objetivos: Primero, buscar un probable interruptor de la luz y una posible salida. Y segundo –si no conseguía el primer objetivo–, hacerme una idea exacta de cómo era mi encierro; es decir, construir en mi mente un plano del lugar obtenido a tientas, tratando de memorizarlo en sus líneas generales y en los detalles más importantes.

Antes de iniciar este trabajo, que podía ser largo, busqué en todos mis bolsillos para comprobar con qué pertenencias que pudieran serme útiles contaba para algo en un momento dado. Pero este recuento, como ya me esperaba, no pudo ser más desesperanzador. Llevaba la chaqueta marrón, un chaleco de lana beige, los pantalones, los calcetines y los zapatos. En el bolsillo interior de la chaqueta sólo estaba mi carnet de identidad. En los demás, un billete de metro y ninguna otra cosa. Uno de los bolsillos del pantalón contenía distintas monedas: al tacto pude colegir que tal vez sumaban unas doscientas ochenta pesetas. También, un pañuelo y las dos llaves de mi casa (la del portal y la del piso). En el otro bolsillo, con cierta sorpresa, encontré una cajita de cerillas, de esas que regalan como propaganda en los bares. No recordaba bien cómo había llegado hasta allí, pues yo no fumaba. Le quedaban tres fósforos. Además de todo lo anotado, contaba con el reloj de pulsera que ya he mencionado. Estaba claro que, en aquellas circunstancias, lo más importante de todo eran los tres fósforos.

Fui a encender inmediatamente uno para tener, por lo menos, una idea aproximada de cómo era el lugar donde me hallaba. Pero, sobre todo, para cerciorarme de que aquellos temores sobre mi ceguera eran sólo fruto de un momento de descontrol. Sin embargo, dudé unos instantes al pensar que tal vez lo necesitase después para algo más vital (¡otra vez mi temperamento lógico!). Esa duda sólo duró unas fracciones de segundo, pues resultaba a todas luces sensato que una de las cosas más importantes que debía hacer era echarle una ojeada al negro cubil donde me encontraba, aunque fuese tan breve y fragmentaria como la que puede proporcionar la luz de una cerilla. Quizás descubriese algo decisivo para salir de allí. Bueno..., y también se imponía encenderla para comprobar si los temores sobre el estado de mi vista eran reales. Así que desprendí el fósforo de la cajita y ya me disponía a frotarlo en el rascador cuando me quedé inmóvil y atenazado de nuevo por el espanto.

Había escuchado algo muy cerca de mí, un rumor o tacto sigiloso sobre el suelo, casi imperceptible, yo diría que casi inaudible, pero completamente real y próximo. Pensé en cucarachas moviéndose cerca de mi cuerpo. Y fue entonces cuando se me heló la sangre en las venas al sentir sobre la mano que sostenía el fósforo la fantasmal caricia de algo suave y blando que se deslizaba sobre ella. Una sensación parecida a la pasada de un plumero invisible que apenas me rozase.

De un salto, me puse en pie despavorido, mientras se me escapaba un involuntario grito de espanto:

–¡¡Agggh!! ¿¡Qué!? ¿Quién es? ¿¡Qué pasa!?

Los fósforos saltaron de mi mano y los oí caer en algún lugar de la oscuridad.

Capítulo tercero

Compañeros de encierro

CASI coincidiendo con mi grito, escuché a mis pies un oscuro y escalofriante bufido. Un sonido que se sentía como una amenaza inminente y peligrosa y recordaba el ominoso resuello de un ofidio dispuesto al ataque. Tras unos segundos de desconcierto, me tranquilicé de inmediato. Una rápida relación de circunstancias me hizo saber enseguida de qué se trataba.

Me agaché y emití, a mi vez, otro sonido:

–Bissss, bissss, bissss... –mientras extendía mi dedo índice hacia delante en la oscuridad.

Instantes después, sentí sobre la yema el contacto húmedo de la nariz de un gatito. Yo tenía dos en mi casa: *Micifuz* y *Pilón,* y conocía al detalle todas sus reacciones. Lo que había escuchado primero eran sus pasos sigilosos acercándose a mí, y lo que me rozó la mano no era otra cosa que su cola, levantada en un gesto de amistad. Al asustarme yo y dar un horripilante e inesperado alarido, el gato bufó, también amedrentado. Luego, apliqué el método infalible para que un gato se te acerque y tome confianza: ofrecerle tu dedo índice para que lo huela.

Apenas sentí su naricita mojada sobre mi piel, acaricié su cabeza y su lomo en la negrura y él lanzó unos «miau, miau» lastimeros, delatores de que tenía hambre y me pedía comida. Al tacto, supe enseguida que se trataba de un minino muy pequeño.

–Gatito... Hola... Tienes hambre, ¿eh?

No creo que se hubiera acercado a mi dedo porque lo distinguiese, pues los gatos, en contra de lo que se cree, no ven nada en la oscuridad completa. Se había aproximado guiado por su fino olfato. Y recuerdo que una cosa tan corriente como encontrarse un gato en el mundo, me produjo la cálida sensación de no estar ya tan desamparado.

–Tienes hambre... ¿Y qué hacemos? ¡Oh...!

Lancé esta exclamación porque, en aquel momento, mi propia hambre me producía dolorosos retortijones de estómago. Una nueva sombra de horror me asaltó al punto: ¿y si en aquel lugar no hubiese comida alguna, como era lo más probable? De nuevo sentí que desfallecía ante la terrible idea de morir de inanición allí dentro. Pasaron por mi cabeza imágenes sombrías sobre cosas que yo había leído relativas a la muerte por hambre. Parecía que el fin era dulce, pero no creo que eso consuele a nadie. Sin comer se podía durar bastante, casi un mes. Pero sin agua, el adiós a este mundo llegaba rápido, en pocos días. Y entonces advertí con toda claridad que, en efecto, tenía la boca seca y mucha sed.

Intenté calmarme, y a ello contribuyó en gran medida la presencia invisible de mi nuevo compañero y de mis conjeturas.

–Pero, vamos a ver, gatito, ¿por qué estás aquí? –hablé en voz alta–. ¿Te han abandonado tus dueños? ¿O van a volver? Lo más natural es suponer que sí, porque si a mí me han secuestrado para sacarle un rescate a mi padre, lo lógico es que regresen. No estarán tan locos como para pensar que van a cobrar algo sin devolverme vivo o dar pruebas de que lo estoy... Por tanto, yo pienso que, de un momento a otro, los tenemos que ver por aquí...

–¡Miauuu! ¡Miauuu! ¡Miauuu! –respondió el gatito, alertándome con su llamada sobre lo único que a él le interesaba, es decir, que le diesen de comer.

Tenía una idea aproximada de dónde habían caído las cerillas, de modo que, moviéndome de rodillas, inicié un azaroso rastreo del suelo, palpando ávidamente las húmedas baldosas. Pero no es posible figurarse la completa desorientación que produce la oscuridad total en un lugar que, además, desconoces por entero y sólo se concreta en una espiral de tinta china que te envuelve por todas partes. Lo cierto es que no sé cuánto tiempo gasté en buscar inútilmente los fósforos.

Decepcionado y sudoroso, tras unos momentos de desconcierto me decidí, pues, a poner en práctica lo que tenía previsto: intentar hacer un recorrido por todo el ámbito que me encerraba, avanzando a ras de sus paredes con la intención de hacerme una idea de cómo era aquel agujero y encontrar algo útil para mi salvación, como un interruptor eléctrico, una salida o alimentos de cualquier clase. Pero inicié esta tarea con un ánimo muy diferente al que había mantenido hasta entonces. La idea de que, si estaba secuestrado, mis raptores tendrían que venir casi necesariamente por lo menos a darme de comer, me permitió abordar mi decisión con cierta tranquilidad. Todo ello dentro, claro está, de la terrible tensión que me embargaba.

Pensé de pronto en la inconsolable angustia que estarían pasando mis padres y mis hermanos, y eso estuvo a punto de desmoronarme de nuevo. Los recordé a todos sentados en torno a la mesita de la lámpara verde, junto a la librería, atenazados por el dolor y la incertidumbre alrededor del teléfono. Seguro que ya habrían llamado a todas las comisarías de Madrid, a los hospitales, a casa de todos mis amigos... Y casi sentí más amargura por ellos que por mí mismo, de modo que traté de ahuyentar de mi cabeza esa clase de pensamientos para emprender de inmediato la tarea que me había trazado.

Tenía que comenzar mi inspección desde la esquina o final de una pared determinada, y la más próxima era aquella donde estaba la puerta metálica que había aporreado.

La recorrí toda, de esquina a esquina, tanteando el muro desde el suelo hasta donde me alcanzaba el brazo estirado hacia arriba. Y estas operaciones, que pueden suponerse simples, resultaron finalmente un martirio. Temía lo peor a cada momento: que por la pared hubiese cables eléctricos capaces de producirme una descarga mortal si tenemos en cuenta la humedad de aquel lugar, alguna falla en suelo, no sé de qué clase: escalones, agujeros... O herirme con hipotéticos hierros oxidados. Eché de menos un palo o bastón que me sirviese de «avanzadilla» para tantear previamente con él. Y, a modo de sustituto, me quité un zapato con el que fui reconociendo la pared antes de inspeccionarla con mis dedos. Esto produjo que, al cabo de un rato no muy largo, el pie izquierdo se me quedase helado como un carámbano. El frío y los tiritones me abandonaban a ratos y después volvían. Pero continuemos con mis pesquisas propiamente dichas.

La pared por donde comencé la exploración era lisa por completo, un muro sólido, como se deducía al golpearla con los nudillos, y en ella sólo parecía existir la puerta ya mencionada. Esta pared tendría unos cinco metros de longitud, según deduje midiéndola con mis pasos, que abarcan, forzándolos un poco, más o menos un metro.

Después me situé en su esquina derecha (mirando al frente) y comencé a rastrear el muro que partía perpendicularmente desde allí. Mientras tanto, el invisible gatito no cesaba de rozarse con mis piernas y de maullar de forma lastimera pidiendo comida.

–Calla... Estoy buscando.

Para no hacer demasiado prolijo este relato, expondré aquí tan sólo los resultados finales de mi expedición, omitiendo los pequeños y continuos percances que la acompañaron. Únicamente añadiré que fue lenta y ardua, y al principio creí haber empleado en ella por lo menos un día entero. La tensión que implica moverse muy lentamente, tanteando a cada paso con manos y pies, el desconsuelo del hambre y la propia y constante negrura, que provoca un intenso cansancio mental, hicieron de aquel recorrido algo extraordinariamente premioso y agotador. Tanto, que en numerosas ocasiones tuve que sentarme a reponer fuerzas con el gatito a mi lado, sin poder precisar cuánto pudieron durar aquellos respiros. Lo cierto es que terminé completamente exhausto.

Los resultados de mis investigaciones al tacto fueron éstos...

Capítulo cuarto

A tientas...

*S*EGUNDA *pared*

La segunda pared era mucho más larga y calculo que mediría no menos de veinticinco metros de longitud. En ella no había interruptor alguno, pero, hacia su mitad, se abrían unos extraños huecos, un par de cuchitriles desnudos de unos dos metros por dos. En el primero encontré dos contenedores de basura vacíos, de los que se usan en los inmuebles para echar en ellos las bolsas de los vecinos. En el segundo, una escalera de tijera antigua, sólida y de madera, una caja de cartón llena de cuerdas revueltas y un cepillo de barrer. No lo dudé ni un instante. Desprendí el mango del cepillo y lo utilicé a partir de aquel momento a modo de auxiliar en mi reconocimiento. Con él batía el trozo de pared inmediato que tenía por delante antes de palparlo en detalle con los dedos. Así pude volver a ponerme mi zapato.

Sólo al final de este segundo muro hice un descubrimiento que, a primera vista, no me permitió saber si podría resultar importante. Al principio me confundió. Se trataba de un entramado metálico que alcanzaba desde el suelo hasta donde llegaba mi brazo extendido hacia arriba, tras haberme subido en la escalera (que utilicé para poder llevar mi examen lo más alto posible). Este tramo de red metálica tendría un metro y medio de ancho. Su altura era un enigma, y en él había una puerta de las mismas características y material. Un mecanismo de apertura peculiar, así como el hallazgo de un panel con tres botones a uno de sus lados, me aclararon con cierta rapidez de qué se trataba: estaba ante la jaula o estructura protectora de un ascensor antiguo.

Por el número de botones –tres–, presumí que me encontraba en una edificación de dos plantas con sótano. Los pulsé todos con insistencia, pero nada se movió allí dentro. Fue cuando me atreví a abrir la puerta. Entonces comprobé que en su interior no había ascensor alguno, por lo menos a la altura del sótano. Sin embargo, debido a la falta de cables o mecanismos de cualquier clase, llegué a la conclusión de que el elevador había sido retirado de su jaula, posiblemente hacía mucho tiempo. Pero donde hay un ascensor, existe una escalera junto a él... En este caso no ocurría así. A un lado de la jaula estaba la pared de veinticinco metros. Al otro, esta misma pared continuaba unos centímetros tan sólo, para terminar en una nueva esquina. Allí comenzaba el muro frontero a aquel por donde había iniciado mi investigación. El hueco del ascensor me hizo pensar en posibles y complicados intentos de evasión, pero de momento seguí con la inspección del nuevo tabique.

Tercera pared

Era igual de larga que la primera; tendría unos cinco metros, y en ella mis dedos toparon enseguida con algo muy simple, pero que, en aquellas circunstancias, hizo que mi corazón comenzase a palpitar vivamente: era, ¡por fin!, un interruptor de la luz. Permanecí unos segundos con el dedo colocado sobre él, pero sin presionarlo, pidiéndole a Dios que, al hacerlo, se encendiese alguna luz. Pero yo *sabía* que esto no iba a ser así. Y, efectivamente, al apretarlo, nada se encendió en parte alguna. Pensé que podían ocurrir dos cosas: que en aquel lugar no hubiese aparatos de luz o bombillas, o que la corriente eléctrica había sido cortada desde los automáticos del edificio.

Cuarta y última pared

Mis tanteos por el cuarto muro, frontero al que medía veinticinco metros, dieron el siguiente resultado:

Hacia la mitad de esta pared se abría la entrada sin puerta a una habitación amplia, de unos diez por diez metros, y su rastreo al tacto, muy penoso y lento, me deparó los hallazgos más interesantes de todo mi periplo.

En esa estancia encontré un fregadero antiguo, de esos que hay en algunos pisos viejos, hondo y espacioso, tal vez de granito. Sobre él descubrí un grifo que, a pesar de estar bien cerrado, goteaba sin parar a un ritmo que calculé en una gota cada dos segundos, poco más o menos. Lo abrí y salió un abundante chorro de agua con mucha presión. Aquello me produjo una alegría tan súbita y atolondrada, que me dirigí exultante al pequeño felino:

–¡Agua! ¡Tenemos toda la que queramos! ¡Agua, gatito! ¡Aún no estamos vencidos!, ¿no te parece?

Bebí ávidamente y subí a mi compañero hasta el fregadero para que tomase de la que quedaba en el fondo antes de escurrirse por el desagüe. Desde el grifo partía horizontalmente una cañería fina, que se unía a otra más gruesa. Ésta ascendía hacia el techo. Aplicando el oído a la cañería gruesa escuché un misterioso rumor o zumbido que no parecía proceder del simple paso del agua. Pensé en ese sonido durante un buen rato, sin poder deducir de ello nada claro. Debajo del fregadero encontré un cubo de plástico.

Las paredes de aquella estancia estaban recubiertas de azulejos hasta cierta altura, y esto me hizo presumir que en otro tiempo tal vez sirvió de cocina, sobre todo al comprobar que, desde ambos lados del fregadero, partían dos amplias encimeras de mármol. La cocina propiamente dicha habría sido retirada. También descubrí allí una mesa desvencijada y una silla igual de inestable.

Pero lo más sorprendente fue que en una cocina hubiese lo que encontré en un rincón de la estancia: un inodoro en perfecto estado, con su cadena y su depósito de agua en lo alto. Todo funcionaba, y éste era un hallazgo que me evitaría muchas complicaciones en las circunstancias que ya supone el lector. El inodoro debía de ser una incorporación tardía a la habitación.

Y una inquietante incógnita: en la pared que quedaba frente al fregadero descubrí dos puertas que –supuse– daban a otras tantas habitaciones oscuras, pues no se filtraba por sus rendijas el menor atisbo de luz. Las dos estaban cerradas con candados medianos y decidí seguir mis pesquisas hasta el final antes de intentar abrirlas.

Saliendo de la habitación del fregadero, el muro continuaba liso y sin accidente alguno hasta terminar en la pared por donde había empezado mi batida. Este último tabique medía también unos veinticinco metros, como el de enfrente, y en él encontré un nuevo interruptor inútil junto a la entrada de la cocina.

Así pues, una vez rastreado todo el perímetro de mi encierro, pude deducir que me hallaba en una estancia muy grande y rectangular, un lugar quizás muy parecido al que se representa en este torpe esquema:

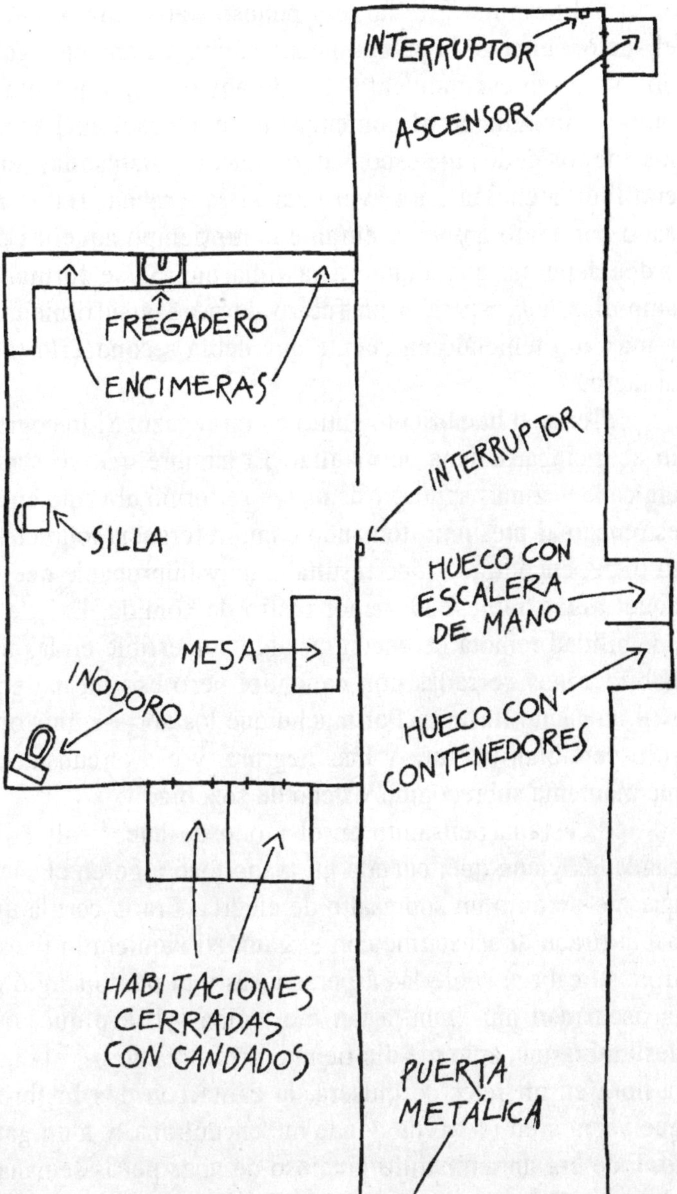
INTERRUPTOR
ASCENSOR
FREGADERO
ENCIMERAS
INTERRUPTOR
SILLA
HUECO CON
ESCALERA
DE MANO
MESA
INODORO
HUECO CON
CONTENEDORES
HABITACIONES
CERRADAS
CON CANDADOS
PUERTA
METÁLICA

Al terminar este largo y penoso trabajo me senté en el suelo, cerca de la puerta metálica, completamente agotado. Y fue en ese momento cuando advertí algo que nunca hubiera imaginado al comenzar mi exploración. Las yemas de los dedos me escocían vivamente, incluso las tenté con toda atención para averiguar si sangraban. Había rozado con tanto ahínco y durante tanto tiempo aquellas paredes ásperas, que llegué a lastimarme. Si se formaban ampollas, me esperaba un futuro de negros sufrimientos, y más aún teniendo en cuenta que debía reconocerlo todo al tacto.

Tenía al hambriento gatito en mi regazo. Si lo cogía y lo acariciaba, dejaba de maullar. El hambre que yo sentía era cada vez más aguda, y de nuevo se formó el vacío en mi estómago al presumir, tomando como referencia todo cuanto había encontrado, que resultaba muy improbable que en aquel lugar hubiese el menor rastro de comida. Existía la posibilidad remota de encontrar algo comestible en las dos habitaciones cerradas con candado, pero eso me parecía casi un sueño ilusorio. Por mucho que los abriese, mis ojos sólo percibían negrura y más negrura, y esa circunstancia me mantenía sobrecogido y lleno de zozobra.

Y estaba pensando en el modo de hacer saltar los candados y con qué, cuando mi mano tocó algo en el suelo que me produjo un sobresalto de alegría. Era la cerilla que había tirado al asustarme con el gato. Ni siquiera lo pensé: froté su cabeza sobre las ásperas losas y al punto surgió en la oscuridad una llamita tan mortecina y breve que, tras deslumbrarme, sólo me dio tiempo a ver tres cosas: el día y la hora en mi reloj de pulsera, la cajita con dos fósforos, que yacía a un metro de donde me encontraba, y a mi gatito. Éste era un animalillo precioso de unas pocas semanas, blanco y negro, con cuatro manchitas blancas, una en cada pata, que le daban el aspecto de llevar puestos unos zapatitos. Desde luego, también corroboré algo de lo que ya estaba casi seguro: veía perfectamente. Y esto, junto con el hallazgo del agua y las cerillas, constituyó la tercera alegría en aquella jornada de actividad intensa. Y digo «jornada» por no emplear «día» o «noche», palabras que en aquellas circunstancias carecían de sentido.

La fecha y la hora que vi en mi reloj sólo me produjeron alarma y confusión. Eran las seis de la tarde del día 11 de septiembre. Llevaba encerrado allí cerca de tres días. Suponiendo que hubiese permanecido uno de ellos sin sentido o medio dormido a causa del golpe en la cabeza, habría tardado dos jornadas enteras en inspeccionar mi encierro. Resultaba increíble. Y, por otra parte, ¿qué pasaba allí? ¿Cómo era posible que en tres días no se hubiera presentado nadie a verme o a traerme comida?

Me planteé otra vez la misma reflexión: si estaba secuestrado, ¿cómo mis captores no se cuidaban de mantenerme por lo menos vivo a fin de poder canjearme sin problemas por un rescate? ¿O se trataba de otra cosa? Un escalofrío me recorrió todo el cuerpo al pensar que cualquier otra circunstancia, inimaginable para mí, era la que me retenía allí. Estuve a punto de sufrir un nuevo ataque de nervios... Pero llevaba dos días seguidos sin dormir y, de pronto, sentí que los párpados se me cerraban como si estuviesen cargados de plomo. Oí que el gato callaba y masticaba algo crujiente. Tal vez una cucaracha... Tenía que abrir las dos habitaciones de los candados, pero, ¿quién podría levantarse del cómodo (hasta cierto punto) rincón donde me había acurrucado? Por momentos, cesaban los escalofríos y me sobrevenían accesos de un calor febril que me empapaba en sudor. ¿Estaría poniéndome enfermo?

Lo cierto es que me quedé dormido casi instantáneamente y soñé con mi abuela. En el sueño se formaba un lío relativo a sus llaves. Mi abuela visitaba a todos sus familiares, vecinos y conocidos, mostrándoles su nutrido llavero con gesto sofocado. Les decía algo que no recuerdo. Y sus palabras resultaban para todos de una insistencia tan impertinente que los abrumaba.

Capítulo quinto

Un rayo de esperanza

ENTONCES me desperté, no sé cuánto tiempo después, y sentí pánico de la oscuridad. Porque, de pronto, tuve el presentimiento –más bien la certeza– de que jamás volvería a ver a mis padres y a mis hermanos. Recliné la cabeza hacia atrás, contra la pared, y una angustia que me debilitaba todos los miembros me traspasó de arriba abajo.

Y sentí, con la congoja en la garganta, que tal vez iba a separarme de ellos para siempre sin haberles dicho cuánto los quería. Nunca le dije a mi padre: «de todas las cosas que me has dado, tú eres mi posesión más preciosa, papá». Nunca le había dicho a mi madre: «daría mi vida por ti sin ningún esfuerzo, mamá». Jamás le dije a mi hermano: «admiro y envidio todo lo tuyo, Andrés; tu serenidad, tu mirada cariñosa, tu intrepidez, tu tesón. Y te quiero». Jamás se me ocurrió decirle a mi hermana: «eres la muchacha más dulce e inteligente que existe y te quiero como a mis ojos o a mis manos, Luisa...». Nunca les dije nada de eso y ahora sentía una amargura que, sólo por sí misma, podía matarme si se prolongaba mucho.

Entonces noté que el gatito se removía en mi regazo, despertando también, como una bolita cálida y palpitante, y lo acaricié con intensa ternura, como si desease que todos los sentimientos de amor que atravesaban mi corazón se concentraran en su cuerpecillo. Él, ajeno a mis emociones, comenzó a maullar de forma lastimera y sin tregua, anunciándome que su hambre necesitaba ser aplacada perentoriamente. Y yo mismo sentí que el vacío de mi estómago y una debilidad generalizada eran tan agudos, que resultaba necesario ponerse en movimiento de inmediato. La idea de abrir las dos puertas con candados que había en la habitación del fregadero estaba fija en mi mente.

El cerebro trabaja a un ritmo diferente en situaciones límite, mucho más veloz, infinitamente más veloz que el mejor de los ordenadores. Tal vez millones de ideas atraviesan tus neuronas en fracciones de segundo, muchas de las cuales ni siquiera tú mismo detectas, pero *algo* sabe que están ahí y *algo* las selecciona. Por eso, apenas me puse en pie, tenía ya la solución para forzar los candados.

Como he dicho, había un cubo de plástico bajo el fregadero. Avancé a tientas hacia donde estaba, de forma muy penosa, confundiéndome a veces en un camino tan simple, aunque parezca mentira. Pero la oscuridad completa es un laberinto de nada negra en el que resulta sencillo desorientarse.

El cubo tenía un asa metálica que no me fue difícil –aunque tampoco sencillo– desprender del plástico. Necesité forcejear con denuedo con pies y manos hasta arrancarla de su soporte. Ahora tenía entre los dedos una varilla metálica curva con unos dobleces en los extremos, y esos dobleces formaban una palanca ideal para llevar a cabo mis propósitos.

Con los brazos extendidos hacia delante, me acerqué a la pared que quedaba frente al fregadero y busqué la primera puerta. Tanteando, encontré el candado. Su argolla de hierro estaba metida en dos cáncamos de tamaño mediano. Si el lector tiene la amabilidad de observar ahora una de estas piezas, podrá comprender enseguida lo que hice después. Metiendo en el cáncamo el extremo curvo del asa proveniente del cubo y haciendo palanca, podría abrir su circunferencia dejando una boca que permitiese salir la argolla del candado. Esto lo realicé en un momento. Bastaba con abrir un solo cáncamo para que la puerta quedase libre. No tenía tirador o cerradura alguna y giró sola con un crujido que pareció escandaloso en aquel ámbito resonante. Tanteé, siempre con los brazos por delante, y antes de dar ningún paso toqué ya unas estanterías de obra. Me di cuenta enseguida de que me hallaba en una especie de alacena exigua que no mediría más de un metro cuadrado.

En dos de sus paredes había tres filas de estanterías, unas sobre otras, formando ángulo. Me dio un vuelco el corazón: dos de ellas estaban llenas de latas de conserva y frascos de cristal. Es decir, de recipientes semejantes a los que venden en las tiendas y en cuyo interior hay tomate, legumbres o verduras. Había envases de medio kilo y de kilo. Tomé uno y por el peso supe que estaba lleno. Lo agité para comprobar su sonido. ¡Parecían latas de comida! Eran del tipo de las que contienen fabada ya hecha, lista sólo para calentar, lentejas, garbanzos y cosas por el estilo. Mis manos temblaban de excitación. Pero, ¿sería comida realmente? Podía tratarse de pintura, de productos de droguería...

Sólo me quedaban dos fósforos, pero resultaba evidente que aquélla era una ocasión de las clasificadas como vitales. Debía encender uno para ver qué contenían los botes y los frascos.

Introduje la mano en mi bolsillo, saqué la cajita de cerillas y encendí una de las dos que quedaban. Su luz, aunque débil, me deslumbró y se extinguió enseguida, como si el fósforo estuviese húmedo o en mal estado. Pero fue suficiente para que diera un brinco sobre el suelo mientras gritaba con júbilo:

–¡Comida, gatito! ¡Comida! ¡Es comida!

Durante el par de segundos que la cerilla permaneció encendida, había visto que dos de las estanterías estaban llenas de alimentos enlatados. Calculé que había quince o veinte envases; unos de lata, herméticamente cerrados, y otros de cristal, con tapas que podían quitarse sin esfuerzo. Lancé mis manos hacia donde había visto los botes de cristal y cogí cuatro. Allí mismo, de pie, los abrí con nerviosismo. Todos olían igual, pero palpando con los dedos distinguí que dos eran de alubias cocidas, otro de garbanzos y el restante de lentejas. Se trataba de esa clase de frascos cuyos alimentos sólo están cocidos para que el consumidor los prepare en casa como desee.

¡Oh, no salían con facilidad! Las judías, los garbanzos y las lentejas estaban prensados y formaban una especie de masa compacta. Así que pronto me vi escarbando con los dedos en las judías del primer frasco para sacar porciones pegajosas que tragaba con avidez. Coloqué un montoncito de alubias en la tapa y lo puse en el suelo.

–Come, gatito, come… No te gustará mucho, pero seguro que no dejas ni rastro.

Poco después, el minino y yo, en la negrura de aquel ámbito silencioso, formábamos un oscuro concierto de masticaciones y degluciones ansiosas. No puedo decir que aquello estuviese bueno o malo: el hambre intensa no hace distinciones y sólo desea apaciguarse. En un momento nos tomamos los cuatro frascos enteros, y luego, en el grifo de la pila, bebimos hasta saciarnos.

A tientas, me senté en la desvencijada silla situada junto a una pared, y empecé a cavilar sobre algo que me parecía irresoluble. Habíamos consumido cuatro de los frascos que se podían destapar, y de éstos, creo que sólo quedaba uno. El resto eran botes herméticamente cerrados que precisaban de un abrelatas. ¿Cómo abrirlos?

–Como Robinson –dije de pronto en voz alta, tal vez dirigiéndome al gatito–. Estoy como Robinson Crusoe, y me gustaría contar con su ingenio y su entereza. Creo que él tenía un papagayo, y yo te tengo a ti... Este sitio oscuro es la isla desierta, y con lo que hay en él tengo que sobrevivir poniendo a prueba mis recursos... Las latas podrán abrirse, ya lo verás...

Recordé el libro que más me gustaba de todos cuantos había leído: *Robinson Crusoe,* y el estupendo empeño de este ciudadano inglés para encontrar soluciones a todos los problemas que se le plantearon en su isla desierta. Ahora bien, yo estaba en bastante peor situación. Él podía ver, cazar, cultivar un huerto, hacerse vestidos y una casa. Y, además, tenía un arcón lleno de herramientas que rescató del barco encallado. Lo mío era bastante más difícil.

a) Ver. ¿Cómo? Ya había pasado el tiempo suficiente como para saber que la causa de la total oscuridad no era la noche. Tenía una cerilla y con ella podía hacer fuego. Pero, ¿qué iba a quemar? ¿Y cómo mantener después la lumbre encendida?

b) Sobre el asunto de cultivar algo, mejor no pensar en ello.

c) Cazar. ¿Qué? ¿Cucarachas? ¿Ratas, en caso de que las hubiese? Bueno, en último término, sí..., suponiendo que se acabasen los botes y los frascos antes de poder salir de allí, si es que antes no venía nadie a alimentarme. Había leído cosas sobre gentes en un estado tan desesperado de hambre que se comieron los bichos más repugnantes para sobrevivir. Podía llegar a pensar en ello si llegara el caso.

d) Hacerse vestidos y una casa. Sí, eso desde luego. En realidad, *ya tenía casa.* Sin embargo, resultaba casi imprescindible encontrar algo que me abrigase. Pero, ¿qué?, y ¿dónde? Me iba a morir de frío. Había empezado a percibir una sensación bastante rara y muy alarmante. El frío no parecía helarme desde el exterior, sino que lo notaba agazapado *dentro* de mi cuerpo, algo así como en el vientre y los pulmones. Y desde allí iba enfriando *hacia fuera.*

Y fue en estos momentos en que recordaba a Robinson Crusoe y comparaba nuestras circunstancias cuando me di cuenta de algo muy simple, completamente simple, en lo que no había pensado hasta aquel momento. Yo había recorrido mi encierro avanzando pegado a sus cuatro paredes, PERO DESCONOCÍA POR COMPLETO EL CENTRO DE AQUEL LUGAR. Sí, ¿qué había en el espacio negro que quedaba entre esos muros? Allí, ante mí, se extendía un vacío impenetrable que podía estar *repleto de cosas útiles.*

Este pensamiento me llenó de inquietud y sentí la necesidad de llevar a cabo aquella exploración de inmediato. Pero permanecí inmóvil. Avanzar hacia el horizonte de negrura que tenía delante, como un océano desconocido en la noche, me produjo un sentimiento de terror. Tuve la certeza de que *podía perderme* en un vacío oscuro como boca de lobo donde quizás no encontrase ninguna referencia que me orientara.

De momento, dejé para más adelante aquella expedición; para cuando pudiese abordarla con mejor ánimo.

Capítulo sexto

Plan de acción

EL ejemplo de Robinson me impulsó a no quedarme sentado. También el recuerdo de mi padre. Él decía que era preciso reflexionar sobre las cosas, pero sólo lo imprescindible para pasar cuanto antes a los hechos. Así que, mentalmente, tracé un plan de acción suponiendo lo peor: que nadie viniese *nunca* a mi encierro.

Éstos son los puntos de aquel plan, por orden de prioridad:

1. Hacer un recuento exacto de las latas de comida que quedaban en la alacena y prever unas raciones para el gatito y para mí que cubriesen, como mínimo, nuestra alimentación durante cinco días.

2. Abrir la segunda puerta con candado, donde podía haber algo utilizable que me ayudase a paliar mi situación.

3. Pensar en cómo abrir las latas.

4. Idear alguna forma de abrigarme.

5. Hacer una exploración bien proyectada por el centro de la habitación.

6. Y lo más importante de todo, que necesitaba de una reflexión especial y un mejor conocimiento del terreno: planear algún modo de evasión.

7. Pensar sobre si existía un medio de comunicarme con el exterior para lanzar una especie de SOS.

De inmediato, me puse manos a la obra con el primer punto del plan. Quedaban exactamente catorce latas herméticas y un frasco de los que se podían abrir. Contando con que no esperaba estar allí más de cinco días (bien porque llegase alguien, o bien porque me evadiese), tocábamos casi a tres latas diarias. No quería ni imaginar siquiera que mi estancia en aquel agujero pudiera prolongarse más de cinco jornadas. Con tres latas por día y abundante agua no tenía por qué preocuparme de lo referente a la alimentación.

Pasé de inmediato a la ejecución del segundo punto. Después de abrir un cáncamo de la segunda puerta por el método ya descrito, me encontré en una habitación gemela a la de al lado en lo que se refiere a sus angostas dimensiones, pero ésta no tenía estanterías. Allí las paredes estaban desnudas. El suelo, sin embargo, se encontraba atestado de una serie de objetos que enumero sucintamente:

–Un baúl antiguo.

–Un aspirador en desuso, según colegí después de palparlo por todas partes durante un buen rato.

–Cajas de cartón vacías.

–Una pila de periódicos viejos que, por lo menos, me llegaba hasta las rodillas.

–Una banqueta.

–Un carrito de los que se llevan a la compra, quizás muy viejo.

Inmediatamente me dispuse a abrir y a inspeccionar el baúl, que no tenía cerradura o candado alguno.

Me quedé sorprendido. Estaba repleto de cosas hasta arriba y, sentándome en la banqueta, estuve sacándolas una por una y examinándolas al tacto con cierto detalle.

Lo que descubrí allí hizo que realizara ese examen con la avidez de quien encuentra un tesoro y pasa sus yemas con delectación sobre las joyas y las monedas. ¡Era ropa! Resultaba extraño, como inapropiado para tan sórdido lugar: el baúl sólo contenía vestidos, utensilios y adornos de mujer; una dama o señorita de otra época, elegante y refinada. Todo desprendía un huidizo perfume lejano, casi extinguido, pero evocador de un mundo distante y romántico. Se acumulaban allí vestidos largos de tejidos suaves y vaporosos, algunos con encajes, volantes y lentejuelas. Otros parecían más sencillos, como de verano o de andar por casa. Encontré una pamela y varios sombreros, algunos con plumas; abanicos muy labrados, cajitas en cuyo interior había objetos pequeños que identifiqué como pendientes de pedrería, medallones, sortijas y camafeos. Saqué un marco, tal vez con un retrato de la dama, que me obligó a hacer uso de toda mi fuerza de voluntad para no encender el último fósforo que me quedaba. Al fondo del todo había un paquetito de sobres con un remoto olor a rosas, cuidadosamente atado con una cinta. Supuse que eran cartas de amor... Descubrí una polvera y varios bolsos vacíos; un librito con tapas de piel y cantos de metal en cuyo interior mis dedos acariciaron una flor disecada. En una cajita ovalada identifiqué un mechón de cabellos suavísimos. Me atrapó la sensación de ser un punto efímero en el tiempo al pensar en aquella mujer desconocida, lejana, que había usado todos aquellos vestidos y aderezos tal vez en fiestas donde se tocaban valses. Me imaginé su cara, su sonrisa, su pelo, sus ojos... ¡Qué fugaz era todo!

Y, a pesar de estos pensamientos quizás un poco cursis, a medida que iba sacando vestidos fui echándome por encima los de tejido más grueso en atolondrados gestos instintivos. Me coloqué un par de ellos a la espalda y los sujeté atando sus mangas sobre mi pecho. Con otros me abrigué el estómago y el vientre haciendo los nudos correspondientes por detrás, como si las mangas fuesen las cintas de un delantal. Incluso sentado en la banqueta, después de la inspección, lié alrededor de mis pies unos pañuelos que parecían de seda y volví a colocarme los zapatos. Debía de tener una facha impresionante, verdaderamente ridícula, pero sentí de inmediato cómo aquel ropero que había incorporado a mi indumentaria mitigaba el frío.

Entonces caí en la utilidad que podían tener los periódicos que había encontrado en aquel cuartucho. Todo el mundo sabe que el papel de los diarios abriga. Lo utilizan los mendigos en invierno, y los ciclistas cuando les toca bajar un puerto. Cogí varias hojas de un ejemplar y, apartando los vestidos que ya me había colocado y desabrochándome la camisa, introduje unas cuantas páginas sobre mi pecho y estómago. Luego, volví a cerrar mis «ropajes». Era reconfortante.

El gatito, por su parte, arrebujado en una cálida toquilla de lana, se había quedado profundamente dormido en el suelo. Lo dejé tranquilo.

Cuando me dirigí hacia mi rincón de la sala grande, tomé todos los vestidos que quedaban para emplearlos como colchón y ropa para taparme. Usar todo aquello, al parecer reliquias de una mujer del pasado que había tenido la delicadeza de conservarlo con esmero, me pareció una especie de sacrilegio. Pero, bueno..., creo que estaba excusado, pues la supervivencia era lo primero.

Me llevé también un fajo de periódicos para utilizarlos como almohada y, situado en el rincón cercano a la puerta metálica, que se estaba transformando ya en mi cobijo preferido, aprecié que mi situación había mejorado mucho, por lo menos en lo que sc refiere a comodidad. Estrené mi nueva «cama» tumbándome en ella y pronto me asaltó una súbita lasitud en todo el cuerpo, tal vez a causa del atracón de legumbres. La digestión estaba en pleno proceso, y ya se sabe que tal fenómeno, en un organismo desfallecido, debilita aún más las fuerzas. Volví a cavilar:

Si cuando pude mirar mi reloj llevaba allí tres días, ¿cuántos habrían pasado ahora? ¿Tal vez cinco? No era posible gastar el único fósforo que me quedaba para consultar la fecha en mi reloj. Pero el pensamiento agobiante que me taladraba el cerebro se repetía: si se trataba de un secuestro, ¿por qué no venía nadie para darme de comer al menos? Y si no era un secuestro, ¿qué ocurría? ¿Quién –y por qué– me había llevado a aquel siniestro lugar?

Por mi mente pasaron mil ideas absurdas. Por ejemplo, pensé en alguna venganza personal contra mi padre, sin ánimo de lucro, sólo para hacerle daño. Pero ¿quién podía tener nada contra un hombre cuya vida había estado entregada al trabajo constante y honrado? No podía ser. Se trataba de un secuestro. Mi padre era famoso, y probablemente se suponía que sus brillantes trabajos en las principales ciudades del mundo le habían proporcionado una considerable fortuna... Y me habían atrapado a mí para pedirle un rescate. Pero el hecho de que mis captores no apareciesen para prodigarme los cuidados más elementales me confundía, provocándome la mayor de las incertidumbres y angustias.

No quise seguir aventurando pensamientos tan terribles y recuerdo que comencé a hacer funcionar mi cabeza en torno a los puntos 3 y 6 de mi plan. Es decir, otra vez el que se refería a cómo abrir las latas y el que trataba de las posibilidades para intentar una evasión. Pero enseguida advertí que mis ideas fluían dispersas y carecían de fijación. Una pesada somnolencia invadía mi cerebro.

Capítulo séptimo

Conjeturas

MI padre jugaba con nosotros a que era el monstruo de Frankenstein. Avanzaba por el pasillo, alto, con pasos resonantes y cara feroz, y nosotros corríamos chillando a escondernos en otras habitaciones, pues, en caso de ser atrapados, nos ponía boca abajo agarrándonos por los pies, nos elevaba hasta el techo con una mano o nos sometía a la tortura de las cosquillas, y todo resultaba de lo más excitante. Y si alguno de los tres conseguía tocarle la mano derecha, se transformaba al punto en otro monstruo, tranquilo y bondadoso, que nos acariciaba y nos hablaba con voz dulce de viejo mago. Pero cualquiera de los hermanos nos apresurábamos a rozarle enseguida la mano izquierda, ya que así, según el rito del juego, se convertía de nuevo y al instante en el monstruo malo, circunstancia que nos proporcionaba mucha más diversión. Un día, en su estado de monstruo malvado, nos cogió a los tres, uno por uno, y fue tirándonos vestidos a la bañera, que estaba llena de agua tibia, y después se zambulló él mismo. Había un lío tremendo de cuerpos chapoteando en el agua, y la bañera rebosó por todas partes. Recuerdo los azulejos verdes cubiertos de gotas que resbalaban, y en cada una se reflejaba la bombilla del techo.

La cabeza del perrazo, que era más alto que yo, apareció de pronto junto a mi cara y sentí el mayor sobresalto de terror que he vivido nunca. Era enorme y negro, con los ojos de color miel. Lancé un chillido de horror y fui corriendo y llorando a refugiarme entre los brazos de mi madre, en la Rosaleda del Retiro. Desde aquel día tuve pánico a los perros durante muchos años. Mi madre nos llevaba al parque todas las tardes y permanecía sentada en un banco mientras nos vigilaba. No hablaba con otras madres jóvenes que también estaban allí con sus niños. Tenía el pelo largo y fumaba mirando con aire romántico los macizos de rosas o a la gente. Y, sin embargo, si nos alejábamos demasiado y la mirábamos desde la distancia, nos serenaba comprobar que ella, desde su banco, también tenía su vista fija en nosotros.

Ahora, muchos años después, me gusta ver las manos de mi madre sentada en el sillón de mimbre junto a la lámpara verde; se le han hinchado un poco las articulaciones, pero sus movimientos me parecen de lo más delicado cuando cose con sus gafas puestas. Ya no lleva el pelo largo, sino muy cortito; sus manos quedan iluminadas por la luz de la pantalla y son un poco menos finas que antes, pero eso sólo significa para mí el hermoso paso del tiempo por su persona, dedicada casi exclusivamente a darnos su cariño.

Mi abuela, sí..., mi abuela otra vez, llamando a la puerta de todos sus vecinos y conocidos, mostrándoles muy agitada su arito repleto de llaves, diciéndoles algo que, en el sueño, yo no podía entender, algo que le preocupaba y enojaba vivamente. Y los vecinos y parientes permanecían confundidos, como si no supiesen contestar a lo que ella decía o preguntaba respecto a sus llaves con tenaz insistencia.

Entonces me desperté del todo, saliendo de ese duermevela de evocaciones, y de inmediato sentí mucha hambre, lo que tal vez significaba que había estado largas horas dormido. Mi noción del tiempo se hizo aún más confusa. Como siempre al despertar, la oscuridad, la negrura espesa como la tinta, me provocó una serie de sensaciones angustiosas. Primero, la impresión de que nada tenía sentido y flotaba en el vacío. Después sobrevenía esa especie de desfallecimiento general que precede al desmayo. De modo que permanecí un rato tumbado, incapaz de ponerme en pie. Estaba seguro de que, en caso de hacerlo, me hubiera desplomado en tierra sin sentido. Noté en el rostro la nariz de mi gato husmeándome desde muy cerca. Estaba tranquilo, lo que significaba que había comido. Pero, ¿qué?

Algo cosquilleante me recorría la pantorrilla, por dentro del pantalón, ascendiendo hacia la rodilla. Di un manotazo sobre la tela y aquello se quedó quieto. Era una cucaracha, y de las grandes, según deduje al tocarla. El gatito debía de estar acabando con todas las que probablemente se movían por aquel subterráneo, tal vez multitudes, así que no protestaba.

Rozó mi cara y eso me tranquilizó en la oscuridad. Resultaba evidente que nadie había venido, y probablemente eran ya cinco o seis días los que llevaba encerrado allí...

Un sudor frío empapaba todo mi cuerpo cuando abandoné la posición yacente para adoptar la de sentado. Seguía sin poder ponerme en pie. No se trataba ya de nada físico, sino de pereza y espanto ante la idea de comenzar la penosa tarea de tantear paredes invisibles sin demasiadas esperanzas de conseguir algo.

Fue entonces cuando, muy lejano, como a través de una sucesión de espesos muros, llegó hasta mis oídos el silbido de un tren y su rumor. Sobre este pitido tengo que contar algo ahora, aunque me adelante un poco a los acontecimientos.

Lo había sentido ya en varias ocasiones, y lo seguí oyendo. Con todas las probabilidades de equivocarme, entendí que lo escuchaba a unas horas determinadas, posiblemente cada diez o doce. Primero me llegaba el rumor lejano del tren. Se iba aproximando y, en un momento dado, se producía el silbido, quizás justamente frente al lugar donde yo estaba encerrado, aunque distante. Tras esta primera señal, se amortiguaba el sonido del propio tren, hasta quedar todo en silencio. Luego, un nuevo pitido y el convoy se oía otra vez, desvaneciéndose poco después su runrún en la lejanía. Unas veces, estos sonidos me llegaban con nitidez, muy limpios. Otras, apenas se intuían, como si estuvieran difuminados en el aire.

Descubrí que, cuando los percibía con claridad, eso coincidía con jornadas en que una tenue corriente de aire se filtraba por debajo de la puerta metálica...

Todas estas circunstancias, junto a otro fenómeno que explicaré a continuación, me llevaron a la siguiente conjetura: el lugar de mi encierro tal vez se encontraba en una casa aislada en el campo, quizás relativamente lejos de Madrid. El pitido inicial del tren anunciaba su llegada a las cercanías de una estación. El silencio posterior, que se había detenido en ella. Y el segundo pitido, muy poco después, que partía de nuevo. Su decreciente rumor final, que se alejaba definitivamente. Es decir, podía tratarse de un tren al detenerse sólo unos instantes en una estación que debía de ser de tercera categoría (dada la brevedad de la parada), perteneciente a un pequeño municipio. El hecho de que todos estos sonidos se escucharan unas veces más nítidos que otras significaba que, cuando la audición era más limpia, el viento soplaba en la dirección en que yo me encontraba encerrado, como lo corroboraba la débil corriente que advertía debajo de la puerta.

En resumen: como el viento en nuestro país sopla por lo general de oeste a este, deduje que me hallaba en una casa –u otro tipo de edificación– situada más o menos a un kilómetro al este de cierta estación secundaria correspondiente a algún pueblo pequeño.

El otro hecho que confirmaba estas suposiciones era el siguiente: a veces, también muy lejano y amortiguado, escuchaba el ladrido de un perro. Y, enseguida, en distintos puntos de lo que yo me imaginaba como el campo, otros perros iniciaban un concierto de ladridos que seguían a los del primero. Este sonido duraba un lapso de tiempo indeterminado, pero al fin cesaba.

Si algún lector ha vivido en el campo, como yo cuando era pequeño, sabe que este fenómeno ocurre casi todas las noches. En un momento dado, un perro guardián, alarmado por algún ruido nocturno (los pasos de un caminante solitario, por ejemplo), comienza a ladrar con ahínco. Y, de inmediato, los perros de otras fincas o casas de labor inician también sus ladridos, alertados por el primero de la presencia de alguien o algo extraño por la zona.

Estas coincidencias me llevaron a la conclusión, casi cierta, de que me encontraba en la cueva o sótano de una casa de labor, o de un chalet más bien, en medio de un terreno donde, a distancias más o menos próximas, había diseminadas otras edificaciones similares. No estaba, desde luego, en un ambiente urbano. Pero, en todo caso, ¿a qué distancia me hallaba de Madrid? ¿A unos pocos kilómetros? ¿En otra provincia?

Capítulo octavo

Los sonidos de la lluvia

SENTADO en mi rincón y en medio del silencio, podía detectar esa serie de sonidos que depara siempre la soledad en las tinieblas: crujidos inexplicables en diversos puntos de mi cárcel, rumores en las cañerías...

Fue poco después de permanecer atento a los ruidos del tren cuando oí por primera vez algo que, a pesar de mi situación, me relajó inmediatamente, e incluso me deparó una especie de raro sentimiento de esperanza: escuché la lluvia.

Primero percibí un rumor sordo y generalizado que me alarmó. Pero, después, el goteo múltiple y preciso en algún lugar próximo a la cocina y por la parte alta del hueco del ascensor me confirmó que afuera estaba descargando un intenso chaparrón. Luego, la llegada de los truenos –que sentí lejanos debido a lo oculto de mi encierro, pero que tenían que ser intensos– me hizo saber que una tardía tormenta de verano se abatía sobre los campos. El gatito, asustado, se escondió debajo de mis piernas y yo lo acaricié.

Permanecimos inmóviles mientras duró la tempestad, y escuchamos también el bramido del huracán. Después de esta tormenta, sentí que el ambiente de mi encierro se había refrescado.

Fue en aquella ocasión cuando oí por primera vez ruido de agua corriendo por una cañería que debía de estar en el techo, zona de mi cubil a la que no había tenido acceso, ni aun subiéndome a la escalera de mano, pues seguramente quedaba muy alta.

Entonces miré al centro de la habitación, aquel hueco negro que tenía la intención de explorar. Ya sabía cómo hacerlo. Empezando desde la pared de la puerta metálica, se trataba de batir literalmente el espacio desconocido. El sistema consistía en ir avanzando en un zigzag muy apretado que cubría las paredes largas de una parte a otra, hasta llegar a la del fondo. Así no sería posible que algo de lo que allí hubiese escapara a mi indagación.

¿Y si fuese una broma de Ramírez, al que llamaban *el Morlaco,* famoso por sus novatadas brutales, sus reyertas y su chulería de señorito antiguo? Nunca le había caído bien a ese tipo, al que varias veces me había enfrentado con serenidad, pero sin violencia, dejándolo en ridículo o en evidencia –creo yo– entre el grupo de colegas que parecían tenerle como cabecilla. Eran de esos que los viernes y sábados por la noche siempre acaban peleándose en las discotecas por causa de alguna niña provocativa, destrozan papeleras a patadas, fuman en el metro y se emborrachan de cerveza hasta caerse. ¿Y si él o sus compinches me hubiesen llevado allí, despechados, a fin de darme una lección o gastarme una «broma» para que escarmentara? Apenas razoné un poco, deseché por absurda tal suposición.

Lo cierto es que, pasada la tormenta, el gatito comenzó a maullar de nuevo pidiendo comida. Tenía ya una idea de cómo abrir las latas herméticamente cerradas, pero primero debía comprobar si era posible llevarla a cabo. Haciendo un gran esfuerzo de voluntad, me incorporé de mi rincón y avancé a tientas hacia la alacena donde se encontraban los alimentos enlatados. Abrí enseguida el único frasco con tapa que quedaba (lentejas) y le puse de comer al gato. Luego, cogí una lata grande y me dispuse a ensayar un procedimiento para abrirla que había pensado o soñado durante mi último descanso.

Como ya he dicho, tenía en un bolsillo del pantalón las dos llaves de mi casa. Eran de ese tipo plano y con dientes, que terminan en punta. Mi idea era taladrar con esa punta la tapa de la lata y luego ir abriendo el metal con la parte dentada de la llave.

El resultado, en principio, fue negativo. Aplicando la punta de la llave sobre la lata y golpeándola con el tacón de uno de mis zapatos, enseguida horadé el fino metal. Pero después, al intentar serrarlo con los dientes de la llave para abrir toda la circunferencia, lo único que logré, haciendo palanca con ella, fue practicar un agujero de apenas un centímetro. Y de ahí no podía pasar, por mucho que frotase.

Tardé quizás media hora en hallar la solución idónea. Se trataba de ir haciendo sucesivos agujeros en la tapa de la lata, uno casi al lado del anterior. En medio de ellos quedaba aproximadamente un milímetro sin abrir, pero este frágil espacio saltaba haciendo palanca con la llave. Así, se unían dos aberturas que sumaban un par de centímetros. Siguiendo este lento procedimiento, se abría una ranura suficiente como para poder levantar la tapa de la lata y acceder a su contenido. Y éste es un sistema –rudimentario, desde luego– que después he practicado en mi casa en esos casos en que el abrelatas no aparece por parte alguna.

Me comí una lata entera de fabada asturiana, fría y amazacotada, y tanto mi gatito como yo bebimos agua en abundancia.

Ahora no tenía ni hambre ni sueño, y aunque no me sentía del todo bien, pues me dolían la cabeza y el estómago, consideré que era el momento de meditar –ya seriamente– en algún modo de evasión. En realidad tenía pensada alguna cosa, pero me fui a mi rincón para concretar ciertos detalles del plan.

Había barajado tres o cuatro posibilidades, y creía tener una de ellas concebida en todos sus pormenores al cabo de una media hora. Me dispuse a ponerla en práctica de inmediato, ahora que mis ánimos eran relativamente optimistas. Sabía de antemano que sería una operación lenta y de final completamente incierto. Pero resultaba forzoso hacer algo, o por lo menos intentarlo, ya que empezaba a ser evidente que nadie iba a aparecer por mi encierro.

Fue entonces cuando mis oídos se alertaron. Había escuchado algo así como una explosión súbita, ahogada por la distancia. Esa clase de trueno que estalla sobre tu cabeza con insólita violencia y parece que las canteras del cielo se precipitan sobre las ciudades o los campos. Seguí escuchando. Sí, afuera tal vez llovía de nuevo. Oí un sordo rumor lejano, relajante y vasto, el mismo que cuando descargó la tormenta, que probablemente no había cesado, en contra de lo que yo creía. Volví a percibir el goteo por las zonas altas de mi encierro. Pero, también, algo más que me asustó. Escuché con nitidez un rumor de agua cercana, agua que chorreaba o se deslizaba muy cerca de mí, tal vez por el suelo. Seguramente provenía de la puerta metálica que tenía a unos metros de distancia. Me puse en pie alarmado y, a tientas, di un paso hacia ella. El líquido chapoteó bajo mi zapato al posarlo en el suelo.

Capítulo noveno

El pánico

SUPE que estaba pisando agua. Era la misma sensación de cuando te despiertas en la noche, pones los pies en el suelo y adviertes que tu piso está inundado. Pero en un piso, las causas de una inundación sólo pueden ser dos: o se ha dejado un grifo abierto o ha estallado una tubería. ¿Y allí? ¿Qué estaba sucediendo?

Noté enseguida que el agua avanzaba hacia el interior de mi encierro, que no se trataba de un simple charco aislado que me hubiese pasado inadvertido. Y en un movimiento instintivo me agaché y recogí el montón de vestidos que había llevado hasta mi rincón para que me sirvieran de cama. Los trasladé todo lo deprisa que pude a una de las encimeras de la cocina a fin de resguardarlos del agua, pues constituían un tesoro para mí.

Cuando me disponía a regresar al rincón para averiguar qué ocurría realmente junto a la puerta metálica, noté espantado que el agua llegaba ya hasta la entrada de la habitación donde me encontraba. Un súbito calor que quemaba ascendió desde mi estómago hasta las sienes.

–¡Dios mío! ¿Qué es esto? –exclamé en voz alta–. ¡Una inundación! ¡Una inundación aquí! ¿Qué ocurre?

El pánico se adueñó de mí al momento, justo cuando oí afuera, apagado como si se produjera entre algodones, el bramido de otro trueno que debió de ser terrible. Y el comienzo inmediato del tamborileo fragoroso de la lluvia por la zona alta de mi encierro, hacia la parte del ascensor. Como he dicho, creía que la tormenta había cesado. Pero, o no era así, o había vuelto a estallar. La inundación podía provenir del exterior. Las lluvias intensas quizás habían producido el desbordamiento de un río cercano, y la comarca o la zona donde yo me encontraba se estaba anegando. Entonces recordé con horror lo que mi padre me contaba a veces de cuando él vivió en Valencia, hacía mucho tiempo. El río Turia se desbordó en el año 57 y el agua alcanzó un nivel de dos metros de altura en el centro de la ciudad. ¡Y yo medía uno setenta y ocho! En medio de mi descontrol, oí maullar lastimeramente al gatito detrás de mí. Sí, según el lugar de donde provenía su lamento, seguro que había saltado hasta una encimera. Ya se sabe el horror que la mayoría de los gatos sienten por el líquido más común en la tierra.

Advertí, incrédulo, que el agua cubría ya, por lo menos, la suela de mis zapatos. ¡Entraba deprisa, muy deprisa! Lo primero que pensé fue en cómo achicarla mientras estaba a punto de gritar pidiendo ayuda, un último recurso inútil, ya lo sabía, pero que en una persona angustiada hasta el límite no deja de ser un consuelo.

Volví sobre mis pasos y busqué a tientas el cubo que encontré debajo del fregadero. ¿Dónde lo había dejado despues de quitarle el asa? Estuve ocupado en tan estúpida tarea un tiempo que me pareció intolerable. Hasta que al fin lo golpeé por casualidad con la punta de mi zapato y lo agarré al instante. Con frenesí, entre jadeos y bufidos entrecortados, empecé a recoger agua del suelo con el cubo para echarla al fregadero. Era una forma de achicar. Trabajé en ello no sé cuánto tiempo, con la obnubilación que produce el ardor de un nerviosismo extremado.

Hasta que me di cuenta de lo absurdo de mi pretensión. Me encontraba en un recinto que mediría más de cien metros cuadrados. ¿Cómo achicar a cubos el mar en que debía de haberse convertido aquel lugar? ¿Estaría todo mi encierro anegado? Me dirigí al cuarto del baúl y cogí el primer objeto sólido que encontré en su fondo. Un camafeo, quizás. ¡Al diablo! Salí hasta la puerta que daba a la sala grande y lo tiré con todas mis fuerzas hacia el fondo, por la parte donde estaba la jaula del ascensor. Y allí se oyó el sonido característico de algo que cae en el agua. ¡Dios mío! Todas aquellas sombras estaban inundadas. A la vez, noté con horror que el agua llegaba ya al borde de mis zapatos; por lo menos diez centímetros de nivel.

Entonces, tras salir a la sala y dar un solo paso hacia su centro, grité por primera vez.

–¡Socorro! ¡Eh, eh! ¡¡Eh!! ¡Esto se está inundando! ¿Me oye alguien? ¡Socorro!

Escuché mientras notaba cómo el sudor me iba empapando. Nada, absolutamente nada. Sólo, al fondo, el lejano fragor de la tormenta y nada más.

Empecé a caminar a tientas, pegado a la pared, hacia la puerta metálica. Casi tenía la seguridad de que era allí por donde entraba el agua. Tardé más de lo normal en llegar. Sentía que me faltaba el aliento y mis piernas temblaban de forma alarmante. Me arrodillé al fin frente a ella y tanteé su base. Había una rendija considerable, un centímetro de holgura por lo menos, y al tocar el agua me pareció notar una corriente casi imperceptible hacia el interior de mi mazmorra. Luego pegué el oído al frío metal y oí claramente al otro lado cómo el agua chorreaba o caía fluyendo en abundacia.

A partir de aquel momento, todo fue un loco ir y venir errático por la nefanda negrura. Volví al cuarto del baúl y cogí todos los periódicos que pude del montón que había allí. Y haciendo un esfuerzo sobrehumano los transporté hasta la maldita puerta que tal vez me separaba inexorablemente de la libertad. Se me había ocurrido amontonarlos en su base, taponando la rendija, para evitar o paliar así la entrada de agua, pues recordaba que, cuando en casa se produjo alguna inundación doméstica, lo primero que hacía mi padre era extender periódicos en el suelo, que lentamente se empapaban y secaban el piso. Hice dos viajes con aquella pesada carga y obturé la rendija minuciosamente, sin dejar un solo hueco libre.

Y estaba realizando esa operación cuando caí en la cuenta de un ruido en el que no había reparado hasta entonces o que confundía con los rumores lejanos de la tormenta exterior. Era un murmullo diáfano, llamémosle «gutural», que al principio me confundió causándome una alarma que enseguida desapareció. Se trataba del gorgoteo típico de un sumidero tragando agua. Un rayo de esperanza se abrió en mi mente y me dirigí hacia donde procedía el sonido para comprobar si, en efecto, se trataba de lo que yo creía. Noté que estaba completamente empapado de agua y, apenas di unos pasos, un nueva comprobación evidente me estremeció. Sí, oía quizás un sumidero, pero el agua me llegaba ya hasta los tobillos. Entonces estallé en lloriqueantes quejidos, murmurando para mí mismo ruidos inarticulados de animal aterrorizado en esa súplica que sólo se formula en situaciones desesperadas.

–¡Ayúdame, Dios mío! ¡Voy a morir ahogado… y en la oscuridad! ¡Sólo tengo diecisiete años!

Esta patética aclaración, «sólo tengo diecisiete años», aún resuena en mis oídos algunas noches en que el sueño tarda en llegar.

Lo cierto es que, a pesar de todo, avancé en línea recta hacia donde oía el ruido del sumidero, sumergiendo los pies en el agua a cada paso, aturdido por un caos mental que me impedía idear cualquier pensamiento sensato.

¡Lodo! El líquido procedente de una inundación suele ser una mezcla de agua y tierra. Quise comprobarlo. Me agaché y lo palpé con la mano. Parecía limpio y sin restos de tierra. ¿Y si no se trataba de una inudación procedente del exterior, sino de *algo* que estaba ocurriendo en el propio edificio donde me hallaba? En caso de ser así, mis perspectivas parecían mucho peores. Si se tratase de una inundación que venía de fuera, de un río desbordado, alguien tendría que llegar pronto para verificar los desperfectos que había producido la catástrofe, e incluso para repararlos. Si no acudían los mismos habitantes de la casa, que podían estar ausentes, al menos gente del Ayuntamiento o cosa así. Y entonces, curiosamente, hasta deseé que lo que estaba ocurriendo a mi alrededor fuese el resultado de una avenida provocada por las lluvias. Eso –deduje– haría que alguien se acercase hasta aquel lugar, y tal vez me oyera o me descubriese si bajaba a ver cuáles eran las consecuencias de la inundación en el sótano.

Di un paso más. El ruido del sumidero se oía ya muy cerca, no cabía duda. Fue cuando el suelo falló bajo el pie que posaba en aquel momento sobre las supuestas losas. Mi pierna derecha se hundió abruptamente hasta la rodilla en un vano, hueco o estrecho agujero que se abría en el piso, apenas más ancho que mi extremidad. Sentí un dolor insoportable en la rótula.

–¡¡Aghhh!! ¡Socorro! ¿Qué pasa? ¡Oh, oh..., mi rodilla!

Traté de liberarme y el martirio se hizo aún más agudo. Mi posición era terrible. Una pierna estaba dentro del agujero, y la otra, medio cubierta por el agua, había quedado sobre la superficie en una forzada posición en ángulo. Parte de mi cuerpo, apoyado en un codo, se sumergía en el líquido, que era extrañamente tibio. No podía sacar la pierna, atenazada o trabada por algo que la mantenía inmóvil.

Grité entonces, grité sin cesar forzando mi garganta hasta destrozarla. No sé si me desvanecí incluso. Tal vez no, pues mi cabeza se hubiera hundido en el agua y yo habría perecido ahogado. Pero algo ocurría en mi organismo cuando ya no pude gritar más: un incontrolable temblor y un castañeteo de dientes que pensé eran los primeros síntomas de la muerte. En medio de aquella tortura comprendí que me había aventurado estúpidamente en aquella zona temible que constituía el CENTRO de la sala grande. Y esta certidumbre me provocó el mismo terror que sentirían los navegantes antiguos al adentrarse por azar en el desconocido mar abierto, lejos de la costa.

Capítulo décimo

La resaca del miedo

Las cosas que parecen no tener solución se resuelven a veces de la forma más simple. «Dios aprieta, pero no ahoga», solía decir mi abuela, la de las llaves... No sé cómo, pero inmerso en mi excitación hice un movimiento con la rodilla atrapada, un leve movimiento de giro que la dejó libre de la presión que había sentido hasta entonces. Y advertí enseguida que podía sacarla del invisible agujero con toda facilidad. Lo hice a la velocidad del rayo, como si dentro de aquel hueco permaneciese algo o alguien que fuera a atraparme de nuevo. Me puse en pie, con el agua hasta los tobillos. La rodilla me dolía, pero me pareció que podía moverla sin problemas. Y digo «me pareció» porque no di un solo paso. Permanecí inmóvil. En mi forcejeo por salir de la trampa me había movido, había gritado hasta enronquecer y había sufrido un ataque de pánico. De modo que ahora, en pie, sentí que la angustia me atenazaba de nuevo. Me encontraba en el espantoso centro de la estancia grande, rodeado de oscuridad y, después de tanta agitación, había *perdido la orientación* para regresar a la cocina, un lugar que sentía, poco más o menos, como un refugio salvador.

¿Hacia dónde dirigirme en aquella ominosa oscuridad? ¿Había más agujeros? Lo que resolví puede parecer absurdo, pero enseguida se verá que no me quedaba otro remedio. Me puse la chaqueta por la cabeza, para que no se mojase más de lo que estaba, y me coloqué a cuatro patas en el suelo, con el agua cubriéndome hasta más arriba de las muñecas. Y así, tanteando con los dedos las losas sumergidas, me desplacé a gatas hasta la primera pared que encontré. Tras un lento avance, al tocarla respiré aliviado por dos motivos: parecía que el agua no seguía subiendo, incluso tal vez entendí que bajaba de nivel, y en segundo lugar, había dejado atrás la pesadilla del centro de mi encierro sin nuevos percances. Por los maullidos del gatito supe que me hallaba en el extremo de la habitación más alejado de la cocina; es decir, cerca de los huecos donde encontré unos contenedores de basura.

En el premioso camino hacia la estancia del fregadero pude cerciorarme de que el agua bajaba sin duda y, asimismo, de que allá, muy lejos, a través de muros, tabiques y techumbres seguía oyendo el retumbar lejano de los truenos y el repiqueteo de la lluvia por la zona alta del ascensor. Entonces pensé que el aguacero *no era* lo que había producido el anegamiento, sino *otra cosa*. Pues si el nivel del agua descendía en el sótano y afuera seguía lloviendo, algo no concordaba según la lógica más sencilla. Esto me alarmó sobremanera. Considerando que la causa de mi remojón no fuese la tormenta, ¿de qué otra cosa podía tratarse? Y es más: si su origen era distinto, ¿no podía repetirse la inundación en cualquier momento?

Creí notar cómo una especie de vaho extrañamente cálido flotaba en mi cárcel. Como ya he dicho, el agua estaba tibia. Cuando llegué a la cocina, acaricié al gato agachándome a su lado y orientado por sus maullidos. Entonces caí en la cuenta. ¡Había saltado al suelo desde la encimera!, luego el enlosado debía de estar seco en aquella parte. Palpé las baldosas con mis manos. Ni rastro de agua o humedad. Deduje entonces que todo mi encierro tendría un desnivel apreciable, causante de que el agua no llegase hasta el fondo de la cocina, aunque sí hasta su puerta. Me senté en el suelo allí mismo, desfallecido, con los zapatos y los pantalones empapados, así como los vestidos que me había colocado a la altura del vientre y caían hasta mis tobillos. Y escuché lejano el gorgoteo del sumidero, ahora con un particular sonido cavernoso. Estaba tragando los últimos restos de agua que tanto me habían asustado y seguía atemorizándome.

El gatito maullaba desesperadamente, y yo, tras una enorme descarga de tensión, me sentía hambriento y extenuado.

Comimos los dos y, mientras masticaba Dios sabe si judías, lentejas o garbanzos, pensé en mi situación, que se había agravado aún más. Entre escalofríos, tracé mis conclusiones con el método de siempre:

a) De cintura para abajo tenía las ropas empapadas y, en aquella terrible humedad, podría sobrevenirme fácilmente un resfriado que me llevaría a una indefensión definitiva.

b) Estaban secos los vestidos que había salvado transportándolos hasta una encimera. Pero si los usaba para abrigarme tendría que descansar en el duro suelo.

c) No podría seguir utilizando «mi rincón», al lado de la puerta metálica. El suelo estaría allí empapado.

Traté de hacerme la composición de lugar más sensata posible y resolví lo siguiente:

Trasladaría mi lugar de descanso a donde me encontraba ahora, a la cocina. Y, a partir de aquel momento, dormiría sobre la encimera más larga, suficiente para acoger mi estatura estirado. Si volvía a producirse una inundación, que me cogiese en alto. Calculé que aun usando unos cuantos vestidos secos para cubrirme, todavía sobraría alguno para utilizarlo por lo menos como almohada. O bien podía echar mano de un fajo de periódicos doblados para esta utilidad. Y, por último, iba a retomar de inmediato mi plan inicial, que había suspendido a causa de la inundación cuando planeaba una exploración por el hueco del ascensor. Pensaba descansar sólo durante un rato, pues se imponía de forma vital recurrir a todas las posibilidades a mi alcance para intentar la salvación. Y se imponía también actuar con la mayor rapidez posible. Salvo la resaca del susto, me encontraba físicamente bien, teniendo en cuenta, desde luego, lo que «bien» puede significar en tan desesperadas circunstancias.

Estas ideas, poco a poco, se mezclaron con otras diversas y sucesivas hasta que –creo yo– quizás me quedase dormido o amodorrado, aunque no por mucho tiempo. A veces me espabilaba una violenta sacudida y, estremecido, abría los ojos en la oscuridad y alertaba mi oído para certificar si era o no cierto que había escuchado de nuevo el rumor del agua. Al fin, en uno de aquellos sobresaltos, me esforcé por permanecer despejado, instándome a actuar con rapidez pese a mi absoluta apatía para emprender cualquier acción complicada. Pero no podía perder tiempo.

Me quité la ropa mojada, pues el cansancio y la pereza me habían impedido hacerlo antes, y me ajusté algunos de los vestidos que permanecían secos, atándomelos a la cintura y a las piernas como pude. Para ello tuve que desplazarme hasta uno de los dos huecos que encontré en la «segunda pared», donde había tocado unas cajas llenas de cuerdas. Y me dejé puestos los zapatos, aun estando mojados, pues la operación que pensaba llevar a cabo no podía realizarse descalzo. Evidentemente, en la cocina me había envuelto los pies en trapos secos que aún pude rescatar del baúl. La rodilla me dolía si la tocaba, pero no al andar. Desde el hueco donde estaban las cajas con cuerdas me dirigí directamente hacia la jaula del ascensor.

Capítulo undécimo

Una penosa ascensión

HABÍA pensado lo siguiente: la jaula del ascensor medía más o menos un metro de ancho, y su entramado metálico –según comprobé cuando me subí en la escalera de mano para reconocerla por primera vez– dejaba, de trecho en trecho, un hueco de unos quince centímetros. Este hueco quedaba entre dos sólidas barras de hierro situadas horizontalmente.

Si me introducía en la jaula, podía ascender por ella metiendo la punta de los pies en esos huecos. Distaban entre sí aproximadamente un metro, de seguir todos igual que en la parte baja. Por otro lado, el entramado metálico que hacía las veces de paredes, no demasiado tupido, me permitía colar los dedos entre sus recias varillas con la posibilidad de aferrarme firmemente a ellas.

El siguiente esquema aclarará –creo yo– todo cuanto he descrito:

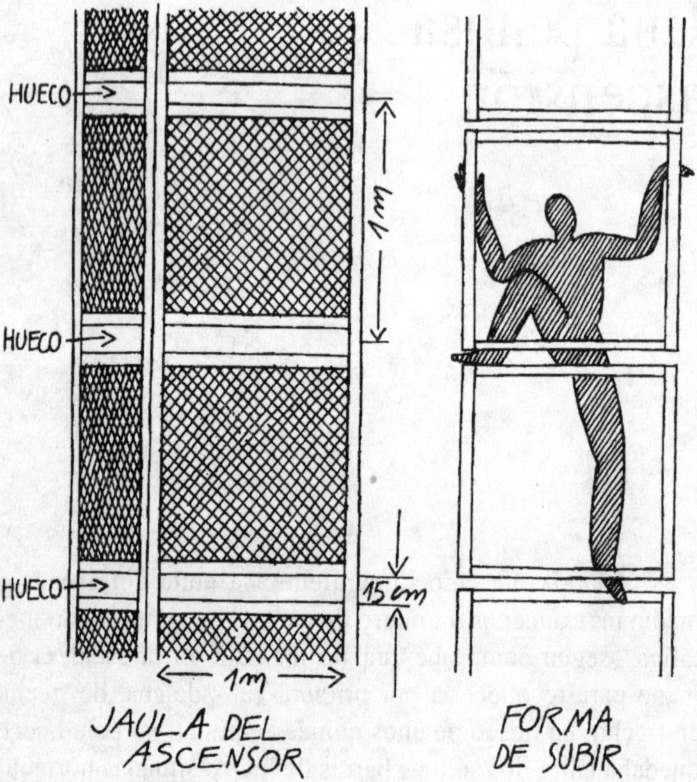

Insistía en el mismo pensamiento que tuve al principio: aunque a los lados del ascensor sólo había paredes, tras ellas debía existir una escalera, que habría sido cegada quién sabe con qué propósito. Y si no había escalera, por lo menos existiría un rellano en cada planta, provisto de una o varias puertas. Pues, si no era así, ¿qué objetivo pudo tener un ascensor al que no era posible acceder desde los distintos pisos?

Mi objetivo era trepar por la jaula hasta alcanzar la puerta que diese a un supuesto rellano en la primera planta, abrirla y salir al mismo. Después, Dios sabe lo que pasaría.

Me llevé la mano al mentón mientras pensaba en estas cosas y, por primera vez, fui consciente de cuánto me había crecido la barba. No es que yo tuviese una barba cerrada, pero los pelos más o menos dispersos que me salían por la cara ya se podían mesar sin dificultad. Lo mismo ocurría con el bigote.

Y aquí, una anotación especial: mientras me desplazaba a tientas rastreando la pared donde se hallaba el ascensor, me llegó de improviso cierta alarmante vaharada de un olor que revolvía el estómago y me hizo evocar las temporadas de mi niñez pasadas en el campo. A veces, hasta la casa de mi abuelo, de cara a la planicie manchega, llegaba el olor de animales muertos, sobre todo perros que, atropellados en la carretera, iban a esconderse entre algún arbusto del terreno para expirar allí. Luego, su hedor a putrefacción se extendía, cada jornada más intenso, por todos los contornos... ¿Es que habría allí dentro algún animal muerto que yo había pasado por alto en mis detalladas inspecciones? Continué mi camino escuchando cómo el corazón saltaba en mi pecho, tratando de achacar aquel olor a otra cosa. Hasta que palpé la jaula del ascensor.

–Quédate aquí, gatito; volveré por ti si encuentro alguna salida –dije en voz alta.

Abrí la puerta de la jaula y, con mucho tiento, tocando y retocando primero los puntos donde iba a colocar manos y pies, comencé a trepar por el negrísimo hueco del elevador.

Resumiré mi expedición cuanto pueda para no cansar al lector con una descripción detallada de todo lo difícil, angustioso y lento que resultó cada uno de mis movimientos en aquella oscuridad impenetrable.

Mis suposiciones eran ciertas. Ascendí por la jaula hasta dar con la puerta correspondiente a la primera planta, la abrí y me encontré en un invisible rellano. Hice una inspección del mismo sumido en un temor continuo a dar un mal paso, a encontrarme con imprevistos agujeros en el piso o con alguna zona ruinosa del mismo que me precipitase en el vacío al pisarla. Baste decir que muy pronto decidí realizar mis pesquisas a gatas, a fin de palpar previamente la zona del suelo que iba a soportar mi peso. Y estos tanteos, con las yemas de los dedos ya irritadas, me producían un tormento adicional.

Tras este apurado y premioso reconocimiento, calculé que el rellano mediría unos cuatro metros de largo. Y existía una escalera. Desde uno de los extremos de este rellano, los escalones ascendían. Desde el otro, como es lógico, bajaban.

Cuando la primera rata rozó mis tobillos, lancé un bufido de espanto. Luego –más o menos–, logré soportar el rumor de los roedores, y a veces su fugaz contacto, sumido en el tormento del miedo y la repugnancia. Si había ratas, y de las grandes, ¿por dónde entraban?

Cuando por fin descubrí la escalera, lo primero que hice fue bajar por ella hasta el nivel del sótano. Allí me topé con el muro que la cegaba. Luego subí hasta donde los escalones terminaban por arriba y comprobé que, efectivamente, aquella edificación contaba con dos pisos más el subterráneo donde yo me hallaba atrapado.

Tras estas primeras observaciones, mi objetivo principal fueron las paredes de los rellanos en las plantas primera y segunda. Allí tenía que haber forzosamente alguna puerta. Palpé los muros con mis dedos centímetro a centímetro sin hallar rastro de lo que buscaba. No, no había puertas. Aquellos tabiques no eran sino frías superficies completamente lisas, donde sólo descubrí un interruptor por planta, naturalmente, sin utilidad alguna.

Lo comprendí cuando ya estaba exhausto y me senté a descansar en un rincón del último piso, pues me temblaban las piernas de debilidad: las puertas de los rellanos habían sido cegadas, la escalera tapiada en el sótano y el ascensor retirado. Pero quizás resultaba más extraño aún que tampoco descubriera ventanas por parte alguna, como existen de trecho en trecho en todas las escaleras. Y, si las había, quedaban fuera del alcance de mis manos y estaban cerradas de tal modo que no se advertía en ellas la menor rendija de luz. ¿También las habían cegado? ¿Por qué? Sólo días después caí en la cuenta de otra causa por la que podía no haber visto el menor rastro de claridad en unas hipotéticas ventanas: cuando realicé mi expedición era de noche. Lo cierto es que las respuestas a estas preguntas no me interesaban en absoluto, pues en nada contribuían a solucionar mi situación.

Me levanté de pronto, guiado por una idea súbita, y comencé a golpear la pared con los nudillos y con la puntera de mis zapatos. En efecto, hacia el centro del rellano había una zona que parecía menos sólida o sonaba más a hueco que el resto. Allí debía de encontrarse el tabique que cegaba una antigua puerta de acceso a la casa en aquella planta. ¿No sería un muro de ladrillos colocados verticalmente, fino y tal vez vulnerable? Varios taconazos dados de plano contra aquel muro, con toda la brutalidad que mis pocas energías me proporcionaban, hicieron que abandonase pronto la idea de derribarlo mediante tal método.

Me sentía tan agotado al fin, que casi no podía sostenerme en pie. Lejos, abajo, oí maullar al gatito. ¿Y el final?

¿Y el *techo* del propio hueco del ascensor? Miré hacia arriba y no percibí por parte alguna el menor vestigio de luz, señal evidente de que allí existía una sólida techumbre impenetrable, sobre todo teniendo en cuenta mis fuerzas y mi carencia absoluta de herramientas.

No obstante, y haciendo un último esfuerzo angustioso, volví a meterme en la jaula del ascensor y trepé por ella buscando su final. Me encontré enseguida con dos grandes ruedas macizas de metal, impregnadas de polvo, grasa reseca y herrumbre. Su perfil cóncavo indicaba que en otro tiempo fueron el soporte de los cables que sostenían y movían el ascensor. Y siempre que digo «encontré», debe entenderse que *reconocí* a ciegas, tras múltiples y premiosos rastreos con mis dedos, un objeto cuya forma y dimensiones casi siempre me confundían en un primer momento. Más allá de las ruedas, aun elevando mi brazo todo cuanto podía, no alcancé a tocar sino negro vacío.

Mi desfallecimiento y debilidad eran tales que, cuando bajaba las escaleras a tientas, las piernas casi no me sostenían. Regresaba al rellano del primer piso, para alcanzar la jaula del ascensor y volver por el hueco a mis ámbitos habituales. El gato maullaba con tono lastimero cada vez con mayor insistencia.

Y mientras descendía por la jaula pensé en la gente que vivía o vivió en aquella casa (ya no podía tener la certeza de que ahora estuviese habitada). Debían de ser muy señoritos o muy comodones. ¿Cómo se explicaba si no que para subir de un piso a otro, sin contar el sótano, hubiesen instalado un ascensor? ¿O se trataba de un montacargas para almacenar en el subterráneo alguna mercancía pesada? Si era así, eso debió de ocurrir en otro tiempo. En fin...; las respuestas a estas preguntas tampoco tenían el menor interés para mí. Lo cierto era que mi primer ensayo para encontrar una salida había fracasado de momento. Y digo «de momento» porque mi mente trabajaba, aun sin darme cuenta yo mismo, sobre la forma de horadar alguno de los tabiques, a todas luces finos, que cegaban las puertas de los rellanos. O bien sobre el modo de alcanzar alguna «invisible» ventana de las escaleras. Porque era casi seguro que debían de existir, aunque no hubiese advertido ni rastro de ellas en mi exploración.

Lo que son las cosas: cuando accedí de nuevo a la habitación grande que constituía mi encierro ya durante tantos días, experimenté una sensación parecida a la de volver a casa. Y sólo entonces advertí que estaba empapado en sudor. Mis esfuerzos en la batida debieron de ser ímprobos. El gatito se restregó intensamente contra mis piernas dándome a entender la perentoriedad con que le acuciaba el hambre, y yo le acaricié el lomo y la cabeza para que se tranquilizara. Comprendí a la vez que había gastado mucho tiempo en mi exploración, pues cuando la inicié tanto el gato como yo acabábamos de comer, y de nuevo teníamos hambre.

Y aunque sólo latía en mi mente la idea de derrumbarme en cualquir parte para dormir, ya que materialmente no me sostenía en pie, dirigí mi agotado cuerpo hacia la alacena.

Sentado en el suelo, la operación de abrir una lata por el procedimiento ya descrito se hizo, más que larga o penosa, un verdadero suplicio.

A la postre, abrí dos, que engullimos rápidamente. Como siempre, ambos bebimos agua, y yo, sin ánimos para desplazarme a la encimera que había elegido como nuevo lugar de descanso, me tumbé todo lo largo que era en la alacena. Sentí que el gato se iba a su toquilla de siempre, en la habitación del baúl. Y, antes de dormirme, ocurrió lo que temía desde el remojón de la inundación: estornudé por primera vez. Mis pensamientos se cebaron en los peores detalles que supone un fuerte catarro. Oí silbar el viento por debajo de la puerta metálica y llegó de nuevo hasta mi nariz aquel tufo a animal muerto, tenue aún, evocador de los áridos campos llenos de cardos que rodeaban la casa de mi abuelo.

Capítulo duodécimo

Tiempo para el recuerdo

–No podrá salir de ahí –dijo mi padre.

–¡Pues vamos a sacarlo!

–¿Te animas?

–¡Claro que sí!

Estábamos cobijados bajo el quicio de la puerta del corral, en la casa de mi abuelo, y llovía. Llovía a mares, como si echasen cubos de agua desde el cielo. Era uno de los imponentes temporales de otoño. Veíamos el campo a través de la cortina gris del chaparrón, y la llanura enlodada se extendía hasta las lejanas colinas del horizonte sin obstáculo alguno.

–Nos vamos a poner perdidos –siguió mi padre.

–¡No importa!

Habíamos visto correr al perrillo por los eriales. Era joven y zigzagueaba a sus anchas bajo el agua, gozoso y meneando la cola sin parar. De pronto, desapareció de nuestra vista. Al principio creí que algún accidente del terreno lo ocultaba. Pero pasaban los minutos y no reaparecía.

–Papá, ¿y el perrillo?

–Me temo que se ha caído al pozo del tío Zopo. No cabe otra posibilidad...

Sí, en medio de los campos, a unos trescientos metros de la casa de mi abuelo, había un pozo abandonado sin brocal. Era imposible verlo hasta que estabas encima. Mi abuelo, siempre que yo salía a jugar con los chicos de aquellos campos, me lo advertía:

–¡Cuidado con el pozo del tío Zopo!

Nunca supe por qué lo llamaban así. Ahora, según mi padre, el perrillo se había hundido en él.

–¡Se va a ahogar! –dije yo bastante nervioso.

–Sí... De ahí no puede salir, salvo que la providencia le eche una mano.

–¿Qué es la providencia?

–Como si dijéramos, una ayudita casual del cielo que no se espera...

–Bueno, pero ahora la providencia podríamos ser nosotros, ¿no?

–Parece que sí... El perrito no podrá salir solo de ahí.

Fue cuando le dije: «¡Pues vamos a sacarlo!»

Nos adentramos en el campo cenagoso. Las suelas de los zapatos iban acumulando capas de barro hasta que se pusieron gruesas como las de Frankenstein en las películas de Boris Karloff. El barro era rojizo y el agua nos empapaba la ropa aunque mi padre había subido por los paraguas. ¡Cómo llovía!

El perrillo, en efecto, estaba en el fondo del pozo gimiendo lastimeramente, y yo imaginé que mirándonos con unos ojos de pena que parecían decirnos: «¡Salvadme! ¡Salvadme!» El pozo era muy hondo, y cuando me acercaba a él con mis amigos de aquellos campos jugábamos a vernos allá lejos, en el espejo del agua profunda y misteriosa.

–¿Y cómo lo sacamos? –dije yo.

Mi padre bajó. Sabía que era un hombre decidido, pero no tanto. El pozo tenía a lo largo de sus paredes unas hendiduras a propósito para meter los pies y descender hasta abajo.

Sacó al perrillo, y el agua se nos metía por el cuello de las camisas. Diluviaba. Lo dejamos en el suelo y corrió rápidamente por el campo hacia las casillas del barrio de la Peseta, que se veían a lo lejos, aisladas en el campo y como pegadas a la tierra. Allí vivían los gitanos.

–¡Qué cosas! –dije yo de vuelta.

–¿Cuáles? –respondió mi padre.

–Que a nosotros se nos ha ocurrido salir a la puerta del corral para ver la lluvia. Y lo hemos pensado y hecho a una hora exacta... De haberlo decidido unos minutos antes o después, no habríamos visto al perrillo caerse al pozo...

–Y tampoco hubiera sido posible salvarlo.

–Nadie hubiera sabido que estaba ahí dentro. Nadie en el mundo...

–Sí, lo más seguro. Creo que sólo nosotros hemos observado el accidente.

–Y eso porque nos ha dado por salir a contemplar cómo llovía.

–Sí. Pero lo hemos hecho porque nos gusta observar la lluvia. La mayoría de la gente no se hubiera molestado en bajar al corral para mirar una cosa tan corriente como un chaparrón... Fíjate en todas las circunstancias que se han tenido que reunir... Y serían muchas más si miramos hacia atrás. Yo salgo a ver llover porque ya lo hacía mi madre... Al conjunto de todas esas cosas, más o menos, es a lo que yo llamo «providencia».

Me quedé pensando unos momentos.

–Oye, y según eso, ¿se nos ocurriría bajar a esa hora justamente *para que pudiéramos ver al perrillo caerse al pozo y salvarlo?* ¿O es una casualidad?

–Yo no creo en la casualidad...

–Tú crees en la providencia.

–Llámala como quieras. Yo pienso que todas las cosas que pasan están enlazadas unas con otras desde el principio de los tiempos... Es como una tela de araña por cuyos hilos se conectan nuestros actos... Todos.

–Sí –dije yo–. Pero figúrate que nos retrasamos un poco en bajar. El perrillo se estaría ahogando ahora. Y ya no tendría efecto lo de la providencia...

–Pero es que sí bajamos a tiempo.

–Bueno, pero seguro que montones de animales en todo el mundo han muerto ahogados en un pozo sin que nadie los viera. Incluso a muchos los ahogan a propósito. Ahí no hay providencia...

Mi padre avanzó unos pasos con la vista clavada en el suelo embarrado. Luego me miró con una sonrisa franca.

–No puedo contestar a eso. No sé qué decirte...

Recordé este suceso de mi infancia sentado contra la pared. Me vino a la memoria apenas desperté tras dormirme al terminar mi expedición por el hueco del ascensor. Y lo cuento no sólo porque fue el único momento agradable que viví a partir de entonces en aquella horrible cárcel. También, como se verá, porque guarda alguna relación con mi desgraciada aventura.

Capítulo decimotercero

Dormir, sólo dormir...

A partir de aquella jornada, ya siempre me sentí mal, agotado, con un dolor de estómago casi continuo, estornudando sin parar, percibiendo que mis ideas se hacían progresivamente más confusas y que, con frecuencia, accedían a mi mente los pensamientos más absurdos y fuera de tino.

Los horrorosos acontecimientos posteriores contribuyeron a dislocar todavía más mis facultades y empecé a presentir con certeza que el fin de mis días estaba sentenciado y tendría lugar en aquel aciago agujero.

El olor a animal muerto fue haciéndose cada vez más intenso y me decidí a rastrear, con verdadera repulsión, ciertos rincones a ras del suelo que no había inspeccionado nunca, tanto en la sala grande como en la cocina, la alacena o el cuchitril del baúl.

Estas operaciones siempre estaban salpicadas de frecuentes descansos, pues era evidente que las fuerzas me abandonaban poco a poco y la debilidad y la fatiga me agotaban enseguida. Quizás fuese debido –no lo sé– a una alimentación compuesta tan sólo de legumbres enlatadas, al constipado que estaba incubando y a un decaimiento general del ánimo cada vez más patente.

Todos estos rastreos en busca de un animal muerto resultaron inútiles, pero me sirvieron, sin embargo, para encontrar en un rincón bajo la alacena una botella de aceite de oliva sin abrir.

Lo que voy a decir ahora puede resultar extraño para una persona que normalmente toma cada día su desayuno, su comida, su merienda y su cena. Pero yo, que sólo había ingerido mínimas cantidades de grasa no sé durante cuánto tiempo, tuve un impulso inmediato y ávido: cuando supe con certeza que la botella contenía aceite, lo primero que hice fue tomarme un trago largo y ansioso, como quien bebe el primer sorbo de agua fresca en un día muy caluroso.

Luego, al punto, pensé que el aceite podía servirme para algo relacionado con una posible fuga de mi encierro, y no volví a beber. Por ejemplo, impregnando con él alguna cinta de los vestidos que había apilado en la encimera, o un cordón de mis zapatos, podría fabricar una especie de lámpara que me diera luz. Aún me quedaba un fósforo. Eso mismo, la luz, a buen seguro mejoraría en gran medida mi ánimo. El hecho de ver en detalle dónde estaba y cómo eran en verdad las cosas que me rodeaban, probablemente me permitiría iniciativas imposibles en la oscuridad.

Asimismo, se me ocurrió pensar que podía provocar un incendio controlado con algunos vestidos de la encimera empapados en aceite. Prendería fuego junto a la rendija inferior de la puerta metálica, a fin de que saliese mucho humo por debajo. Tal vez llegase al exterior y lo advirtiera alguien, que seguramente se acercaría a la casa –o lo que fuese– donde me hallaba encerrado. Pero necesitaba demasiado aceite para empapar la suficiente cantidad de ropa capaz de producir una gran humareda. Y otra cosa más rebotó en mi cabeza como un mazazo. ¡La cerilla que me quedaba! Esto sólo debía de ser una ilusión forjada por los deseos de salvarme. Busqué con manos nerviosas por mi chaqueta esperando encontrar un fósforo inservible debido a mi remojo durante la inundación. No estaba en los bolsillos inferiores. Y empecé a creer que era un hombre de suerte cuando toqué la cajita, completamente seca, en el bolsillo superior.

Pero junto a este hallazgo prometedor, durante la búsqueda del hipotético animal muerto me cercioré con toda consciencia de que sólo nos quedaban cuatro latas de comida en la alacena.

Tuve que subirme a mi encimera, presa de una especie de desmayo que me sobrevino al hacerme cargo de que contábamos con tan exiguas reservas. ¿Había llevado mal la cuenta de las raciones previstas para cada día? ¡Claro! ¿Cómo saber allí lo que era un día? Y a partir de ese momento, cualquier impresión negativa que recibía en mi estado hipersensible me deparaba de inmediato un mareo que me obligaba a sentarme en el suelo, o incluso a tumbarme, para no perder el sentido. Estaba continuamente amodorrado, y el sueño me asaltaba en cualquier momento.

Por ejemplo, mientras trataba de concretar en qué recipiente echaría el aceite para meter allí el cordón a fin de que se empapase, la propia acción de pensar algo tan simple me adormeció; tal era la debilidad de mi entendimiento, a pesar de que resultaba fácil colegir que el único recipiente con que podía contar para tal fin era una de las latas pequeñas de comida ya vacías. Meditar de modo sistemático sobre cualquier cosa simple me sumía inmediatamente en ese sopor o pereza de la inteligencia que te embota ante cualquier problema abstracto cuando estás agotado.

Noté también que mi voluntad se abandonaba cada vez más al azar, y una tendencia a dormir y a olvidar atenazaba todas mis facultades. Incluso empecé a volverme insensible al recuerdo de mis padres y mis hermanos, convencido ya de que la resignación era lo único que me quedaba ante una situación irresoluble. Abandoné toda esperanza de que alguien viniese a mi encierro, y mis conjeturas sobre el porqué de aquella ausencia dejaron de martillearme el cerebro. Dormir, dormir; sólo eso era casi lo único que anhelaba. Y, así, me quedé dormido, mientras por mi cabeza circulaban imágenes del cordón de un zapato, el aceite, un bote de comida vacío…

Capítulo decimocuarto

El hedor de la muerte

DESPERTÉ súbitamente no sé cuánto tiempo después, al escuchar en alguna parte las uñas de mi gatito arañando algo que resonaba de un modo particular. Los que tienen gatos en casa saben que éstos necesitan limarse las uñas de forma periódica sobre alguna materia dura, preferentemente madera. Es preciso proveerles de algún tocón de árbol o de un buen trozo de tabla para que realicen esta operación. Pero si el amo se descuida y no se lo proporciona, ellos practican esta necesidad donde pueden; sobre la pata de una mesa, sobre el cuero de un sillón...

Mi gatito estaba afilándose las uñas sobre algo que, al principio, me pareció precisamente eso: cuero, plástico o algún material semejante.

Pero lo que me hizo ponerme en pie, presa de la curiosidad más viva y de cierta alarma, era el lugar de donde provenía aquel sonido característico. Salí de la alacena para acceder a la habitación grande y permanecí inmóvil. Los rasguños del gato provenían del *centro* de la estancia principal; es decir, de una zona de mi encierro de la que yo sólo conocía el camino en línea recta que hice durante la inundación y que nunca me había decidido a explorar sistemáticamente.

–¿Dónde estás, gatito? –dije, como es natural, sin esperar respuesta alguna.

Seguí oyendo aquel ruido unos instantes más y, después, tras unos breves momentos de silencio, escuché ese lamento gutural que emiten los gatos cuando se hallan en una situación angustiosa para ellos. No se trata de un maullido, sino de una queja profunda que resulta tétrica cuando se oye por primera vez.

A tientas, con el corazón latiéndome intensamente, inicié lo que para mí resultaba una azarosa expedición. Comencé a caminar hacia el centro de la estancia, tanteando el suelo con la punta de los pies antes de posarlos firmemente y orientándome por los lúgubres lamentos de mi gato. A cada momento temía que se abriera ante mí otro agujero como el que me atrapó el día de la inundación.

Lo oía ya muy cerca y llevaba los brazos extendidos hacia delante, balanceándolos horizontalmente frente a mí para barrer mayor campo de negrura, en previsión de chocar con algún obstáculo. Advertí que el siniestro olor a descomposición se acentuaba y casi renuncié a seguir avanzando. No obstante, una curiosidad invencible me hizo continuar.

Y, de pronto, me quedé petrificado, no sé si es mejor decir que de espanto o sintiendo que mi corazón iba a detenerse en aquel mismo momento. Mis dedos habían tocado *algo*. Un primer roce premonitorio que me hizo retirar la mano a la velocidad del rayo, dominado por la incredulidad y el horror. Creía haber tocado *cabellos humanos*.

Mi primer impulso fue el de huir hacia la pared. Pero guiado quién sabe por qué ánimos suplementarios, reincidí en aquel reconocimiento, a todas luces peligroso. Cabellos humanos, sí, muy finos... Una cabeza inmóvil, un moño... Una cabeza de mujer. Rocé su oreja, helada y dura, en la que descubrí un pendiente.

–¿Quién...? ¿Quién es...? ¿Qui...? ¿Quién... es...? –dije con voz que el pavor hacía irreconocible como mía.

El silencio del negro vacío siguió a mis palabras. ¡Era un muerto! ¡Una muerta! Lo supe de inmediato y, presa entonces de un extraño frenesí, comencé a palpar con atolondrado descontrol *aquello* que permanecía allí inmóvil y mudo. Reconocí un sillón con respaldo de cuero (donde mi gato se había afilado las uñas), dos grandes ruedas laterales en lugar de patas, mecanismos al lado de las ruedas, una mano yerta y fría con una sortija, un vestido suave, las puntas sin movimiento de unos zapatos que me imaginé negros... Acuciado por un delirio febril, metí la mano en el bolsillo superior de mi chaqueta, arranqué el único fósforo que quedaba en la cajita y, sin pensar en nada más, lo encendí.

Como los otros, su llama, deslumbrante para mis ojos, me permitió contemplar durante breves instantes un cuadro atroz surgiendo de la oscuridad.

Una anciana que tal vez sobrepasara los noventa años permanecía quieta, muerta, sobre una silla de ruedas. El rigor mortis la mantenía tiesa como una tabla y sólo su cabeza se inclinaba ligeramente hacia la izquierda. Cientos o miles de pequeñas cucarachas movedizas recorrían su oscuro vestido estampado, sus manos, sus ojos abiertos que miraban al frente sin color en las pupilas. No se advertía, salvo cierta hinchazón general y tumefacciones en la cara, ningún signo externo de descomposición, pero el olor procedía de allí. Segundos antes de apagarse el fósforo vi la esfera de mi reloj. Eran las cuatro de la madrugada del día 21 de septiembre. Narro esta mirada al reloj como sucesiva en el tiempo al descubrimiento del cadáver, pero yo creo que todo ocurrió casi a la vez: la visión de la anciana, la mirada al reloj y el grito. Sí, lancé un rugido tan horrendo que debió de resonar en todos los campos circundantes, como salido del infierno.

–¡¡¡Noooooo!!! ¡¡Esto no!! ¡Dios mío, esto no!

Ignoro lo que fue de mí después, en medio de las tinieblas. Lo cierto es que, instantes más tarde, me encontraba acurrucado en un rincón de la habitación donde estaba el baúl, sollozando sin control alguno, dejando escapar en aquellos gemidos desesperados la tensión acumulada a lo largo de tantos días de pesadilla.

Pensé con cierta coherencia durante unos momentos. Llevaba allí trece días. No, nadie vendría jamás... Mi cabeza se apoyaba sobre la toquilla donde solía dormir el gato. Una de las prendas que encontré en el baúl de la dama romántica... Un delirio de imágenes e ideas me asaltaban el cerebro a la velocidad que sólo tiene el pensamiento. Imaginé por un momento que aquel espanto de anciana muerta no era otra que la dueña de todos aquellos vestidos, aderezos, camafeos y sombreros que guardaba el baúl. Pero, ¿qué hacía allí? Estaba paralítica. ¿Cuándo y por qué la habían bajado al sótano? Esto debió de ocurrir, según el estado del cadáver, poco más o menos cuando me encerraron a mí. Pero, ¿viva o muerta? Muerta ya, sin duda, pues de otro modo –supongo– se habría dirigido a mí de alguna manera al notar mi presencia.

–No, Dios mío... –gemí–. No puedo soportarlo... Estoy encerrado con un cadáver y no tengo escapatoria alguna... Papá... Mamá... ¡Noooo! –volví a gritar, atrapado por la más inconsolable desesperación.

Sí, tenía que conseguir alguna luz de inmediato... Era mejor ver aquella pesadilla de la anciana que presentirla entre la negrura, inmóvil en el centro de la estancia grande... ¡Ah, santo cielo! Había gastado el último fósforo en mirarla. El gato maulló a mi lado pidiendo comida, pero, por una vez, no le hice caso, tal era mi estado de postración. Unos intensos escalofríos se habían adueñado de toda mi exhausta naturaleza. Y, presa de agitados temblores y de un incontrolable castañeteo de dientes, sentí que la vida se me escapaba, olvidado como una alimaña en el fondo de un subterráneo, encogido sobre mi estómago lacerado por un dolor continuo.

Capítulo decimoquinto

El mensaje

ME desperté de pronto tras un duermevela lleno de confusas pesadillas entre las que siempre aparecía mi abuela con su manojo de llaves. El gatito permanecía callado y yo advertí que me despabilaba con un inesperado buen ánimo. No me dolía el estómago y el silencio a mi alrededor era completo. Y lo más curioso: no sentí el menor síntoma del resfriado que me aquejaba antes de dormirme (había oído decir a un médico amigo de mi padre que un constipado se podía curar con un sobresalto o susto abominable. ¿Sería verdad?). Noté la misma sensación de esas mañanas en las que te levantas con ganas de ponerte en marcha rápidamente para emprender tus tareas, lleno de buen talante, sin saber por qué, incluso después de haber pasado unos días tristones y sin interés por nada. Y eso, a pesar del horroroso descubrimiento de la jornada anterior (decir aquí jornada o día no significa nada, insisto).

Pese a que «aquello» seguía allí, en su espantoso estado y expandiendo un hedor cada vez más penetrante, tenía que seguir luchando hasta el fin por mi supervivencia, hasta que me quedase la última gota de fuerzas.

Y recordé otra vez las conversaciones con mi padre sobre la providencia. Nos decía muchas veces: «No hay que desesperar jamás. Hay *algo* que siempre cuida de nosotros.» Y acto seguido nos citaba esas palabras de Jesús, que ya nos sabíamos de memoria: «Fijaos en los pájaros del cielo, que ni siembran, ni siegan, ni recogen en graneros, pero vuestro Padre celestial los alimenta. ¿No valéis vosotros más que ellos?», etc., etc. Con el tiempo descubrí que mi padre, aunque de una forma muy particular, era bastante religioso. «Pero hay que ayudar con el trabajo», añadía siempre al final.

Así que me puse en pie con una idea fija: revisar minuciosamente la puerta metálica, por si encontraba algún detalle, aunque fuese nimio, capaz de depararme cualquier idea para forzarla o desestabilizarla de algún modo.

Salí a la habitación grande, cohibido por la presencia de mi inmóvil «acompañante» en el centro de la sala. Y, rastreando las paredes, llegué hasta la puerta que buscaba.

Una vez que aparté los periódicos que había apilado junto a ella cuando se produjo la inundación, estuve revisándola palmo a palmo. Ya se sabe, era de hierro, así como su marco, con una cerradura cilíndrica que sobresalía. El marco, por sus tres lados, estaba fundido al muro mediante cemento, o al menos eso supuse al tantear la áspera dureza del material. Los goznes eran redondeados en sus extremos, y hubiera sido relativamente sencillo sacarla de ellos siempre que, naturalmente, hubiera estado abierta. ¡Qué tontería! Si hubiese estado abierta, no tendría necesidad alguna de separarla de sus goznes. ¿Raspar el durísimo cemento alrededor del marco para desprenderla con él incluido? Me sobrevino el mareo que siempre llegaba al comprobar un desastre o sufrir un intenso desencanto. No lo intenté siquiera.

Un mensaje. Al principio había pensado en esa posibilidad... En aquellas ocasiones, mi cabeza –ya lo he anotado– trabajaba al límite de sus posibilidades, y miles de ideas circularon por mi mente a la velocidad del relámpago. Deslizar una nota de socorro por debajo de la puerta. Sí, pero... allí se quedaría. No había forma alguna de enviarla lejos. Además, ¿con qué escribir? Golpear con todas mis fuerzas en la puerta metálica. Ya lo había hecho al comienzo de mi encierro, sin resultado alguno. Llamadas en los supuestamente delgados tabiques que cegaban las puertas en los rellanos de la escalera invisible. Pero, ¿quiénes oirían esas llamadas? ¿Mis propios captores? Por otra parte, ¿me quedaban fuerzas para subir otra vez por el hueco del ascensor?

Todos estos pensamientos ingenuos se cortaron de pronto en seco y detuve toda actividad, permaneciendo inmóvil como una estatua. Creía haber escuchado algo allí donde «ella» se encontraba, en el centro de la habitación: un leve crujido, un alarmante «creec», como si se hubiera movido ligeramente en su sillón de ruedas. Un calor que quemaba se acumuló en mi pecho.

Escuché en silencio, paralizado. No, claro; no podía tratarse de ella. Estaba muerta, incluso descomponiéndose. Mi oído, absolutamente alerta, distinguió entonces el rumor del agua corriendo por las cañerías en la habitación del fregadero. Y, pese al pánico que me había producido aquel incidente sonoro, una idea me vino de pronto a la cabeza: se materializó en mi mente una forma concreta de enviar un mensaje al exterior.

Conseguí ponerme en movimiento, ahora mirando al centro de la habitación con los ojos muy abiertos, en contra de lo habitual, que era mantenerlos cerrados.

Llegué a la supuesta cocina de otros tiempos, donde estaba ahora la escalera de tijera. La coloqué, no sin grandes esfuerzos y por etapas, sobre la encimera de mármol que partía del fregadero, a la derecha. Quedó junto a la cañería gruesa que, en mi primera inspección, no había logrado comprobar hasta dónde llegaba por arriba. Me subí a la encimera y, después, con sumo tiento, ascendí tres o cuatro peldaños de la escalera. Entonces pude tocar el techo, y también la cañería. Advertí que el grueso tubo traspasaba ese techo para introducirse en el piso de arriba. Me la figuré larga, larga, larga... Infinitamente prolongada, cruzando de casa en casa en un recorrido sinuoso y casi sin fin que iba a terminar en lejanas cloacas. ¿Y si me encontraba en una urbanización con esa clase de chalets que llaman «adosados», es decir, unos pegados a otros? La cañería, entonces, tal vez pasaría a las casas colindantes... Comprendí enseguida que las características de mi encierro en nada se parecían a ese tipo de viviendas. Y, sin embargo, era preciso agotar todas las posibilidades. Metí la mano en un bolsillo del pantalón y saqué la llave que usaba para abrir las latas.

Capítulo decimosexto

Pesadilla para un SOS

El segundo año que estuve en Inglaterra había aprendido el alfabeto morse. Quizás me acordaba de todas las letras, aunque no de los signos de puntuación, separación de vocablos, etc. Pero lo que sí conocía perfectamente era la palabra SOS en tal lenguaje. Hela aquí: · · · – – – · · · Es decir, *S* = · · · , *O* = – – – , y otra vez *S*.

Enseguida comencé a dar golpecitos en la cañería con la cabeza de la llave. Tres puntos: toc, toc, toc; tres rayas, toctoc, toctoc, toctoc; y otros tres puntos: toc, toc, toc…

Inicié mi tarea con cierta timidez, como si temiese escandalizar demasiado en un ámbito lleno de silencio, o cual si pudiera «despertar» a la anciana yerta como una piedra. Pero, poco a poco, fui golpeando cada vez con más fuerza, con más fuerza: ¡¡toc, toc, toc; toctoc, toctoc, toctoc; toc, toc, toc!! Cada cierto tiempo me detenía para escuchar, con la oreja pegada al tubo, esperando con anhelo una conjunción de remotas casualidades: que, en efecto, el chalet colindara con otros; que alguien escuchase mis golpes en otra casa; que, si los oía, no los atribuyera a causas llamémoslas normales; y, lo más improbable de todo, que esa persona supiese morse o, como mínimo, conociera la palabra SOS en este código de señales.

Y, de pronto, palpitándome el cuerpo de emoción, escuché una respuesta, o en principio creí que se trataba de ello. Sí, lo era. Porque tras oír unos golpes que parecían provenir de un lugar ignoto y lejanísimo, yo volví a lanzar la llamada de socorro y escuché con toda nitidez cómo me contestaban con otras señales distantes y apagadas: toc, tocotoctoc, toc, toc...

Pero, a la segunda o tercera respuesta, mi alegría se tornó en desesperación. Había reconocido el sonsonete de aquellos toques. Era ese conjunto de golpecitos que responden a la letra popular «Media copita de ojén».

Noté que me mareaba, como siempre, y un sentimiento de angustiosa impotencia me cubrió de sudor frío. Alguien oía mis golpes y respondía a ellos, pero en broma. Con toda seguridad, un niño desconocido que pensaba en otro niño haciendo señales en una tubería de su casa a modo de juego.

Saliendo las palabras del fondo de mi alma, grité con cuantas energías me quedaban:

–¡¡No es un juego!! ¡¡Socorro!! ¡¡Estoy a punto de morir en el sótano de una casa!! ¡¡No estoy jugando!! ¡Digo SOS en morse! ¡¡Socorrooo!! ¡Avisa a tus padres!

Pero mis voces no debían de llegar por el conducto normal del aire hasta quien daba los golpecitos en la cañería. Porque volví a escuchar aquel desesperante toc, tocotoctoc, toc, toc varias veces más, como si mi corresponsal me incitase a continuar con la distracción. Yo dejé entonces de golpear. Y quien fuera, tras repetir el soniquete dos o tres veces más, también lo dejó, tal vez aburrido de no obtener respuesta...

Sin abandonar la encimera, me tumbé sobre los vestidos que había colocado allí, mirando con los ojos abiertos y llenos de lucecitas fantásticas al invisible techo. ¿Habrían oído mis voces? Dios mío, un niño captaba mi llamada (estaba seguro de que era un niño o una niña), pero, ¿cómo hacerle comprender que se trataba de una desesperada petición de socorro? ¿Cómo? Volví a sentir escalofríos por todo el cuerpo. Oí al gatito maullar y, como un autómata, me dirigí a la alacena. Barrí su segunda estantería con las dos manos, frenético e incrédulo: sólo quedaban dos latas de comida. ¿No eran cuatro? Mi cabeza se iba... ¿Había comido sin darme cuenta? Nos tomamos una. El hambre que sentía era feroz... Pero había que racionar la comida.

–¡Ja, ja, ja! –lancé una carcajada sarcástica. ¡Racionar! ¿Qué podía ya racionar cuando me quedaba una sola lata?

Estaba oyendo las uñas de mi gato sobre el sillón de ruedas donde permanecía la anciana muerta y, de pronto, escuché con pavor el ruido sordo y abrupto de algo al golpear el suelo, un derrumbe estruendoso en aquel espacio que resonaba intensamente. Siguió de inmediato un bufido del gato y oí el sonido tenue de sus patas avanzando hacia donde yo estaba. ¿Qué había ocurrido?

Tras unos instantes de desconcierto y horror, la curiosidad venció al miedo e inicié una aproximación en la negrura hacia el centro de la estancia grande, tanteando cautelosamente el terreno por temor a encontrarme con otro agujero o con los restos de la anciana *antes* de lo previsto. La hallé donde esperaba. El terrible cadáver se había precipitado al suelo desde la silla. Lo toqué con el pie y luego, agachándome, tanteé apenas a mi macabra acompañante.

Fue suficiente para saber que, debido a su rigidez mortal, permanecía sobre las losas en la misma postura que mantenía cuando estaba sentada: hecha un cuatro. Se le había soltado el moño. Un pasador de pasta restalló hecho añicos bajo mi zapato. Quizás el gato la había movido levemente, o incluso yo mismo, al tantearla por primera vez, haciéndole perder al fin su precario equilibrio sobre el sillón de ruedas.

Entonces volvieron a atraparme la confusión y el miedo. Corrí a la alacena y me encerré en ella. Sentado en el suelo, atranqué la puerta con mis propios pies. Oí al gatito arañando la madera, avisándome de que quería entrar.

–¡Largo, vete! ¡Déjame en paz, estúpido! –dije intempestivamente y muy lejos de mi trato cariñoso con cualquier animal.

Sentí que mi cabeza desvariaba de nuevo. Inclinándome poco a poco hacia la izquierda, acabé hecho un ovillo en el suelo. El dolor de estómago volvía. Soñé, o pensé, o imaginé algo extraordinario, y más adelante explicaré el motivo:

Mi abuela caminaba en la noche por nuestro barrio, llamando a la puerta de los vecinos para mostrarles sus llaves, y les decía algo que, como siempre en aquel sueño persistente, yo no podía entender. Iba detrás de ella, como queriendo alcanzarla, y advertí que, por las esquinas, hombres con gorros de lana y fusiles asomaban sus cabezas. Les cruzaban el pecho anchas cananas llenas de balas puntiagudas. Al fin alcancé a mi abuela.

–¡Vuelve a casa! –le dije al oído–. ¡Todo esto está lleno de terroristas!

Entonces, tres o cuatro de aquellos hombres aparecieron a nuestro lado, no sé cómo. Me atraparon brutalmente y uno me colocó el cañón de su arma en la sien.

–Has hecho mal en decírselo –me indicó.

Había llegado un coche y me introdujeron en él. Ya dentro, mis captores se habían transformado. Ahora parecían alemanes de la Gestapo, con sombrero y abrigos de cuero. Yo iba en el asiento trasero entre dos de ellos, que permanecían impasibles. Un tercero conducía. Me atreví a hablarles:

–Pero, ¿qué he hecho yo? No tengo nada que ver con el Servicio de Inteligencia Británico...

–No es eso; no es eso –repitió uno de los hombres–. Queremos un rescate. Es una operación preparada por nosotros tres. Nadie más lo sabe.

Yo seguí diciéndoles cosas con tono airado, pero ellos ya no respondieron. Sólo esbozaban a veces una cínica sonrisa apenas perceptible. Habíamos dejado atrás la ciudad.

Se detuvieron en medio del campo, junto a un molino abandonado. Cerca había otros, cuyas aspas crujían al girar lentamente. «Esto ya lo he visto en la película *Enviado especial,* de Hitchcock», pensé yo. Me metieron en el molino y cerraron la puerta con llave, dejándome solo en su interior.

–¡Eh! –grité yo desde mi encierro–. ¡Les aseguro que no tuve nada que ver con la mafia!

–No es eso; no es eso. Queremos tu rescate. Es cosa de nosotros tres... Nadie más lo sabe... –oí que me respondían desde fuera.

Después escuché cómo el coche arrancaba y se iba por donde habíamos llegado...

Cerca de mí había un ventanuco angosto con rejas y me asomé a él. Ahora el cielo se veía cubierto de nubarrones plomizos y la carretera no era tal, sino un camino encharcado cubierto de barro. Vi cómo el coche se alejaba. Algo ocurrió de pronto. Quizás había perdido la dirección, porque resbalaba sobre el lodo y patinó haciendo eses hasta ir a estrellarse con un terrible impacto contra un árbol del sendero. El estallido convirtió el automóvil en una deslumbrante llamarada ante mis asombrados ojos. Ardía como una antorcha. Entonces empezó a descargar un torrencial aguacero que sofocó el fuego en unos instantes. Desde mi observatorio, despavorido, distinguí tres cuerpos calcinados en el interior del vehículo.

–¡Dios mío! –grité entonces, aferrado a los barrotes de mi ventanuco–. ¡Ellos han muerto y jamás volverán! ¡Jamás volverán! ¡Nadie sabe que estoy aquí! ¡Mis padres no recibirán noticia alguna sobre mi secuestro...! ¡Nadie lo sabrá jamás! ¡Nadie vendrá! ¡Nadie lo sabrá jamás, jamás, jamás!

Y estas palabras resonaban en mi cerebro como si retumbasen en las altas bóvedas de una catedral solitaria.

Capítulo decimoséptimo

El peso de la providencia

HABÍA llegado el fin. Mi cabeza no articulaba ninguna idea coherente, salvo durante instantes muy breves; como fogonazos en medio de la noche, debido a la extremada debilidad de todo mi organismo y a una angustia que se tornaba en delirios... La humedad de mi encierro empezaba a producirme dolores que parecían reumáticos: en el hombro izquierdo, en las rodillas...

Ya no tenía comida. El paso del tiempo tampoco existía claramente y un torbellino de negrura sin transcurso era lo único que percibía mi cabeza. Estaba estremecido por los escalofríos y creo que tenía fiebre.

Erraba tambaleante, resbalando por las paredes como un fantasma en las tinieblas, sin un fin concreto, mientras en mi mente sólo resonaba la palabra «comida, comida, comida...».

A veces, un rayo de esperanza se abría en mi cerebro: la cañería... Sí, probablemente me había contestado un niño, pero esta respuesta se perfilaba entonces como un hilo finísimo de relación con el mundo. Si me había oído un niño, era porque a su alrededor existiría también una familia, unos padres, hermanos quizás mayores, tíos, abuelos...

Y cuando me sorprendía este pensamiento en aquel vagar errático por la oscuridad, regresaba enseguida a la cocina. Medio tumbado en la encimera debido a mi agotamiento, apenas lograba levantar la mano provista de la llave para insistir no sé durante cuánto tiempo haciendo mis señales mediante los ya obsesivos golpecitos: toc, toc, toc; toctoc, toctoc, toctoc; toc, toc, toc... Quizás el niño le comunicase aquel fenómeno a alguno de sus familiares mayores...

En estas circunstancias, sin recibir respuesta alguna, me quedaba sumido en un turbio sopor del que despertaba a ratos. Entonces mi mano, de forma casi automática, empezaba de nuevo a golpear con la llave, apenas sin fuerzas.

Cuando al fin obtuve respuesta, no puedo precisar cuánto tiempo después de subirme a la encimera, el simple hecho de saber que me comunicaba con alguien fue suficiente para recibir una especie de dulce sentimiento en mi ánimo. No estaba completamente solo. Pero también sabía que jamás llegarían a entender el sentido de mi llamada... Lo mejor era jugar... Sí, creo que mi mente desvariaba. Cuando oí el soniquete «Media copita de ojén», yo contesté igual, con el mismo estribillo sonoro... ¡Qué más daba! Lo único que perseguía ya era sentirme en relación con alguien. Y aquel intercambio de golpecitos prosiguió sin pausa, porque los niños nunca se hartan de un juego que les resulta misterioso. Esto duró hasta que yo me cansé de mover la mano a causa de mi extremado agotamiento y caí de nuevo en esa modorra que atrapa al hombre abatido por la inanición aguda.

El gatito no protestaba. Parecía haber encontrado la solución a sus problemas. Con cierta frecuencia le oía masticar algo crujiente que no podía ser otra cosa que cucarachas. Y otras veces un chillido agudo, seguido de oscuros movimientos y masticaciones, me delataban que había cazado una rata. Quizás estaba incluso engordando, pensé con ironía.

Y, al punto, en medio de los horrores que depara el hambre rigurosa pidiendo remedio perentorio, pasaban por mi mente las ideas más dislocadas y atroces (y es ahora cuando pienso que eran atroces, no entonces). Comerme al gato, por ejemplo: lo llamaría con un bisss, bisss cariñoso y, cuando estuviese al alcance de mis dedos, sería la ocasión de estrangularlo o de quebrarle el cuello con un movimiento brusco y brutal... O comer yo mismo cucarachas y ratas... Debería ingerirlas crudas, igual que al gato. Y tal idea, repulsiva del todo para una persona que hace su vida cotidiana provista de los alimentos necesarios, en mi estado (inimaginable para quien no lo haya vivido), se presentaba como una posibilidad salvadora; algo completamente aceptable que me proporcionaba una luz de esperanza...

Mientras permanecía tumbado en la alacena, mi mente proyectó las más descabelladas ideas a fin de fabricar trampas para ratas, todas imposibles... Había otra posibilidad: apenas oyese el chillido indicador de que mi gato había acertado con la cerviz de un roedor, me lanzaría sobre él para arrebatarle la presa.

Y aunque lo intenté en varias ocasiones, nunca fue posible llevar a cabo esto. Siempre oía el chillido demasiado lejos de donde yo me encontraba. Cuando pretendía dirigirme como un fastasma hacia donde había escuchado el grito de la rata, la lentitud de mis movimientos y lo impenetrable de la oscuridad permitían que el gato se mudara de sitio con su botín antes de que yo llegase, tal vez intuyendo mis intenciones.

A veces, atrapado por la fiebre y por un frenesí alucinado, me dirigía hacia la puerta metálica con la morosidad de quien no puede casi tenerse en pie y comenzaba a raspar como un loco en el cemento que rodeaba su marco mediante mi llave de abrir latas, sabiendo, desde luego, que sólo iba a lograr unos pocos arañazos. Pero mi guía era un impulso profundo y extraño que me instaba, hasta el último suspiro, a hacer algo por salvarme, cualquier cosa…

Abandonaba pronto la tarea de raspar y, por ejemplo, regresaba a la cañería a dar mis golpecitos. Mi mente estaba desquiciada. Ya no empezaba con «SOS, SOS, SOS», sino con «Media copita de ojén». Y a veces recibía respuesta.

Comí papel mojado. Cuando recordé que aún quedaban algunos periódicos en la habitación del baúl, se removieron mis jugos gástricos. Escogí páginas interiores, que tendrían menos polvo. Convertidas en bolas de tamaño mediano, las empapaba en el grifo del fregadero para engullirlas después con avidez. También puse en remojo mi cinturón. Había leído no sé dónde que gente en situación de hambre extremada succionó los jugos que rezuma el cuero empapado y eso les aliviaba. Resultaba imposible morderlo, aunque sí hubiera podido tragármelo tras hacerlo trozos pequeños, solución a la que no pude acceder al carecer de cualquier material cortante.

Al fin, sentí que todas mis fuerzas se iban definitivamente. Tumbado en la alacena, llegó el momento en que una dulce y general lasitud me embargó todos los miembros y tan sólo pensar en levantar un brazo era algo que me deparaba el mismo sentimiento de absurdidad e impotencia que si me hubieran ordenado mover una montaña.

De este modo, mi cerebro se acurrucó en sí mismo, en una confusa e inmensa espiral de ensoñaciones fantásticas donde contemplaba oscuros túneles circulares en cuyo fondo brillaba un punto de luz intensa; imágenes dispersas de mi casa (el enchufe blanco que había junto a mi mesa de trabajo, por ejemplo; las patas torneadas del sillón donde se sentaba mi padre); la cara de mi madre en el momento exacto de cierta expresión determinada; el sol filtrándose entre las hojas de la higuera; una mañana de abril en el patio de la casa de mi abuelo...

Y lo peor de todo: mi mente renunció a la idea de seguir viviendo; sólo anhelaba quietud, descanso, descanso... «¡La providencia de Dios...!», me pareció oír la voz de mi padre... «Observad los lirios del campo: ¡cómo crecen! No se fatigan, ni hilan; y os digo que ni Salomón en todo su esplendor se vistió como uno de ellos...» ¡Falso! No, no; la providencia de Dios no me había alimentado como a los pajarillos del campo, ni vestido como a los lirios...

Me dejé morir, acurrucado en la alacena mientras lejos, como si un aire de gasa difuminase los sonidos, oía de cuando en cuando a mi gato cazar cucarachas y ratas... ¿Por qué me vinieron a la memoria los antiguos augures que interpretaban los sueños, cuando mi abuela surgió de nuevo al fondo de mi delirio? Corría con sus llaves, sí, de puerta en puerta, de casa en casa. Llamaba a todos los timbres y mostraba su llavero a los vecinos mientras les decía algo con gesto excitado... Una escena tan repetida sólo podía ser un augurio, un aviso, deduje en el propio sueño... Y, soñando, me esforcé por entender lo que mi abuela decía a todos cuantos visitaba. Puse mi oído alerta al máximo, intentando descifrar aquellas palabras que siempre habían sido un rumor ininteligible. Y como si las frases tuviesen que traspasar dificultosamente un tupido tamiz que las deformaba, al fin pude entender algo... «Un caso entre mil –decía mi abuela–. Pero no piensen ni por un momento que hice un molde de cera... Ya saben quién soy, ya me conocen... Me conocen muy bien... Un caso entre mil... Pero abre el piso del señor notario... Les juro por Dios y mi buen nombre, que no hice un molde de cera... ¡Un caso entre mil! ¿Qué digo? Entre cientos de miles... Y se lo aseguro: yo nunca tuve nada que ver con los Servicios de Inteligencia Británicos...»

Entonces, emergiendo mi consciencia del sopor o del sueño, abrí mucho los ojos en la oscuridad. Recordé cierto asunto relacionado con mi abuela cuando yo era muy pequeño; una nimiedad que ella magnificó de forma absurda, tal vez debido a su enfermedad... No sabía bien de qué se trataba, pero era algo relacionado con una llave... Quizás abría la puerta de un piso ajeno... No podía concretar cuál era el problema... Un caso entre mil, entre cientos de miles, entre millones. De pronto, una luz rompió las tinieblas de mi cerebro. Haciendo un supremo esfuerzo físico, mental y de todo cuanto se pueda imaginar, me coloqué a gatas y comencé a avanzar hacia la puerta metálica situada al fondo de la habitación grande, sudoroso y atrapado por una especie de temblores espasmódicos.

No sé cuánto tardé en llegar a mi destino. En el camino caí varias veces al suelo, presa de un desequilibrio producido por la oscuridad sumada a la debilidad de mi cuerpo y mis sentidos. Noté la cola del gatito rozándome la barbilla. Lo adivinaba caminando a mi lado, como si me animase a continuar. Un augurio... Los antiguos creían en ellos, y a veces se cumplían... ¿Quién sabe lo que son los sueños? El mundo está haciéndonos señales permanentemente, dándonos avisos. Y no nos damos cuenta o los despreciamos.

Toqué con dedos temblorosos la cilíndrica cerradura que sobresalía en la puerta metálica; palpé la ranura por donde debía introducirse una llave y, con la otra mano, busqué en el fondo de mis bolsillos la que no había utilizado para abrir las latas. La introduje en aquella ranura sin esfuerzo. ¡Dios mío, un caso entre miles! La giré hacia la izquierda y no se movió. Entonces, casi sin poder manejar mi mano debido a los temblores que la agitaban, hice un intento hacia la derecha…

Advertí, incrédulo, que giraba una y dos veces, apartando el pestillo de su nicho. Por su propio peso, la puerta se desplazó sobre los goznes muy despacio. Una bocanada de aire menos húmedo envolvió mi cuerpo estremecido por tal cúmulo de emociones que me resulta imposible describirlas. ¡Un caso entre miles! Seguí caminando a gatas por un suelo húmedo y viscoso. Torcí una esquina y distinguí una tenue claridad al fondo. Mi corazón estuvo a punto de no resistir el peso de la providencia.

Notas finales

No quiero dar por terminado el relato de mis espantosas experiencias durante dos semanas sin aclarar algunos puntos que tal vez no quedan desvelados con nitidez en mi escrito. Lo haré brevemente y a la manera, como quien dice, de un informe administrativo:

1. Una vez que abrí la puerta metálica con mi propia llave, avancé por un corto pasillo en ángulo y di con unos cuantos escalones que terminaban en una trampilla sobre mi cabeza. Al levantarla mediante un desesperado esfuerzo me hallé en el vestíbulo solitario de un chalet antiguo. Había una ventana con las maderas cerradas y una sólida puerta. Aunque la luz fuese tan poca como la que se filtraba por las rendijas de las contraventanas, su choque sobre mis ojos, habituados a dos semanas de oscuridad total, fue cegador. No podría explicar cómo destrocé los cristales de dicha ventana y cómo salté a la calle en un angustioso esfuerzo postrero. La claridad del día fue un martirio pese a mis esfuerzos por cubrirme los ojos. Sé que sangraba. Me desmayé apenas di tres pasos.

2. Desperté en un hospital, rodeado por mis padres y mis hermanos. Sí, mis deducciones eran casi correctas. Había estado en un chalet, pero no de los que ahora se llaman «adosados». Se trataba de siete melancólicas casitas antiguas con jardín, unas pegadas a otras, construidas hacia los años veinte. Cuatro de ellas permanecían deshabitadas. Sí acerté en lo que se refiere a su situación. No estaban muy lejos de una estación pequeña: la de Mora, en la provincia de Toledo. Me encontraron sin sentido unos vecinos, y avisaron a la policía, que me llevó al hospital de la capital toledana. Mi carnet de identidad permitió localizar a mis padres. Conocí al niño que me contestaba por las cañerías. Era el hijo de un ferroviario, tenía seis años y vivía dos casas más allá de la que yo estuve. Nunca olvidaré sus ojos muy abiertos mirándome junto a la cama.

3. Atando cabos, la policía llegó a unas conclusiones que coincidían, más o menos, con mi sueño de los molinos. En el chalet donde yo había estado vivían dos franceses de actividades dudosas, una mujer de la misma nacionalidad y una anciana paralítica. Los tres más jóvenes fueron hallados muertos en el interior de un automóvil que se había salido de la Nacional IV, poco antes de llegar a Ocaña. El accidente tuvo lugar el mismo día de mi secuestro. Estas personas tenían antecedentes delictivos en su país y se dedujo que, tras encerrarme en el sótano, habían salido hacia Madrid a fin de ponerse en contacto con mis padres para tratar del rescate. Nunca llegaron. Debido a eso, jamás vinieron a mi encierro, y mi familia sufrió dos semanas de angustias indecibles, agobiada por mi desaparición sin dejar rastro.

4. La policía no pudo llegar a ninguna conclusión cierta sobre la presencia de la anciana muerta en el sótano. Sólo lanzó una hipótesis derivada de la autopsia: había fallecido de un paro cardíaco, quizás poco después de que los delincuentes llegasen al chalet para encerrarme. Acuciados por el nerviosismo del momento, tal vez la habían bajado al sótano, un lugar más fresco, por un tiempo impreciso, incapaces de hacer frente por el momento a todo ese cúmulo de acciones que requieren unos funerales o un simple sepelio. Quizás el gatito los siguió hasta el sótano y, olvidándose de él, lo dejaron también encerrado.

5. En cuanto a la inundación, nunca habría podido imaginar su causa. No fue producida por ninguna riada natural debida a las lluvias. La zona donde yo estuve encerrado no es propicia para esta clase de desastres, según supe después. El responsable fue el gran depósito lleno de agua colocado encima de la casa, sobre cuya existencia se barajaron diversas hipótesis. Este depósito –no se sabe por qué– reventó (¿quizás un rayo?), y sus 64 000 litros vertidos sobre la propia vivienda produjeron la inundación que tanto pavor me produjo. El accidente debió de ocurrir durante la madrugada, pues los vecinos no lo detectaron, sobre todo al ser subsumida el agua por la propia casa sin dejar huellas visibles en el exterior. Y, si las dejó, se confundieron con los encharcamientos producidos por las abundantes lluvias que cayeron durante mi cautiverio.

6. Mis padres me contaron que, en efecto, mi abuela (yo lo recordaba vagamente), aquejada de los primeros síntomas de una demencia senil, cierta mañana se confundió de edificio al regresar a casa, y había entrado en un inmueble situado dos números más abajo que el nuestro. Subió en el ascensor hasta el piso cuarto derecha (el mismo donde vivíamos nosotros) y, sin dificultad alguna, abrió con su llave la puerta de una vivienda habitada por un tal don Roberto Casajuana, notario de profesión. Mi abuela, extrañada de encontrarse en un lugar que no reconocía (pero al que había podido acceder con su llave), avanzó hasta el comedor de la casa, donde la esposa del notario, una dama bastante antipática, la trató con cierta acritud. Después, mi abuela, creyendo que aquel incidente trivial manchaba en cierto modo su buen nombre, iba contando el suceso por todo el vecindario. Explicaba que la llave de nuestro piso resultó que abría también el del notario. «Un caso entre mil, un caso entre cientos de miles», solía repetir. Y yo recuerdo esas palabras.

7. No sé qué alma intuitiva y generosa trasladó el gatito al hospital, suponiendo que era mío. Ahora ya tenemos tres en casa: *Micifuz, Pilón* y mi compañero de encierro, al que llamamos *Nicolás*.

Por lo demás, estoy olvidando poco a poco mi espantosa experiencia. Y creo, más que nunca, en las palabras de mi padre sobre cierta providencia que acompaña a algunas personas limpias de corazón a lo largo de toda su vida, proporcionándoles una especie de incomprensible ayuda día a día... También sé que a otras, con el corazón igual de limpio, esa providencia las abandona. No sé por qué; no lo sé... Ésas sufren demasiado o mueren en circunstancias espantosas, sin que podamos explicarnos la causa...

Y otra cosa: muchos dirán que es poco científico o impropio de mis convicciones generales, pero también creo a ciegas en los sueños entendidos como augurios, lo mismo que los antiguos. ¿Y quién no, después de las experiencias que yo he vivido?

Pero dejo ya de escribir porque el día ha sido ajetreado y tengo mucho sueño. Me voy a acostar. ¡Claro! En efecto, si yo hubiese movido ayer «peón f4» en lugar de «caballo c6», Ramiro no habría ganado la séptima partida de nuestro campeonato particular de ajedrez. De estos fallos tan tontos, la verdad es que uno tarda bastante en consolarse. Pero me desazona aún más haber rechazado la proposición clara de Almudena para que diésemos un paseo por el Retiro otoñal, optando por la partida. ¿De qué forma recuperar esos momentos perdidos? Porque, resulta evidente: ¿cómo preferir una partida de ajedrez a las mágicas sensaciones que me turban al tenerla cerca, o incluso cuando la descubro desde lejos entre las multitudes?

Índice

Títulos publicados

1. Robert Swindells, *Calles frías*
2. Heinz Delam, *La maldición del brujo-leopardo*
3. José María Latorre, *Una sombra blanca*
4. Oriol Vergés, *Un pueblo contra los Hamid*
5. Anja Tuckermann, *Muscha*
6. Manuel L. Alonso, *Malos pasos*
7. José Luis Velasco, *Atrapado en la oscuridad*
8. Käthe Recheis, *Londres, 13 de julio*
9. Alfredo Gómez Cerdá, *El beso de una fiera*
10. Concha López Narváez y Carmelo Salmerón, *El visitante de la madrugada*
11. Javier Alfaya, *El año del milagro*
12. Gonzalo Moure, *El alimento de los dioses*
13. Fernando Lalana, *El paso del estrecho*
14. Gillian Cross, *Destellos en la noche*
15. Heinz Delam, *La selva prohibida*
16. Jordi Sierra i Fabra, *Retrato de un adolescente manchado*
17. Uri Orlev, *Soldados de plomo*
18. José María Latorre, *La leyenda del segundo féretro*

PARALELO CERO

Este libro se terminó
de imprimir en los
talleres gráficos
de Unigraf, S. A.,
en el mes de julio de 1997.